西方守護伯付き魔女の初陣

守野伊音

22155

角川ビーンズ文庫

目次

contents

西方守護伯付き魔女の初陣

人物紹介

ミルレオの仮の姿。
西方守護伯付き魔女
として働くことに。

同一人物

ミルレオ

稀代の魔女王の娘で
ありながら、失敗ばかり
の王女。

ガウェイン

西方守護伯。若くして
爵位を継ぎ、敵も多い。

トーマス

西方守護軍所属。ガウェイン
の副官。苦労性。

ザルーク

西方守護軍所属。情報収集
や斥候などが得意。

キルヴィック

西方守護第二軍団長。タクス
地方領主の息子。

ヴァナージュ

西方守護第一軍団長。コルコ
地方領主の息子。

レオリカ

ウイザリテ国女王。国を救った
魔女王として名高い。

本文イラスト／椎名咲月

西方守護伯付き魔女の就任

フリコリー大陸中に点在する小国は数知れない。三大大国と呼ばれるグエッサル、タペス、ショウジュセール以外は、目立つ特色がないと互(たが)いの国名すら知らない事態も珍(めずら)しくない。フリコリー大陸はそれほどに広く、また異民族が個々に集落を持ちそのまま国となったからだ。文化はもちろん、言語すら違(ちが)う様々な物がごちゃまぜになった大陸内にあって、特に異色を放っている国がある。

　三大大国と同じほど知名度が高く、どんなに教養のない人間でも知っているといわれているのに、三大大国の名に数えられない異質の国。

　国名を、ウイザリテという。

　ウイザリテは、大陸で唯一(ゆいいつ)、魔女(まじょ)が治める国である。古来より薬や医術に詳(くわ)しい女は魔女と呼ばれてきた。しかし、ウイザリテにおいてはその範疇(はんちゅう)にない。実際に魔術を扱(あつか)う者を魔女と呼んだ。人はいつの時代も少数の異質を憎悪(ぞうお)した。迫害(はくがい)を受けた魔女達は、辺境の地を楽園と定めて集まった。それが今から七百年昔の話である。

　建国以来、ただの一度も領土を明け渡(わた)した事のない不屈(ふくつ)の国を、人は魔女の奇跡(きせき)と呼んだ。

「……………………はぁ……」

屈強な要塞城を前に人生を悲観したのは、こぢんまりとした育ちの良さそうな少年である。

綺麗に丸い形をした頭は余計に彼をちまっと見せていた。銀青色の短い髪はまっすぐさらりと風に流れていくのに、彼の心は雨模様どころか大嵐だった。

少年は自らの身体を見下ろす。細い手足は今にも折れそうで、背中も胸もちゃんと食事を取っているのか心配になるほど薄い。そんな自分の姿に、更に深い嘆きが湧いてくる。

小柄な身体の片側には、一人では運べないほど大きなトランクがある。

「……………享年十六歳になったら、どうしよう」

未来ある青少年が、青空を見上げながら絶望しているのには理由があった。

ミル・ヴァリテ、を名乗れといわれている。本名は、ミルレオ・リーテ・ウイザリテ。ウイザリテ国の王女であり、稀代の名魔女王と名高い母、レオリカ女王の長子であり長女。偉大なる女王の血を色濃く受け継いだ、魔女である。

入ってくる前は晴天だったはずなのに、部屋の中はどこか薄暗い。壁中を埋め尽くした本棚と貼り付けられた地図が窓にまではみ出して、せっかくの日差しを遮っているからだ。しかし、この重苦しい空気は、物理的に遮られた日差しが降り注いだところで払えはしなかっただろう。

ここは西方守護伯が居住する要塞城だ。西方防衛において要となる政が行われる場所である。意を決して訪問した結果、暗雲渦巻く執務室に案内されたミルレオの心は推して知るべし。書類が乱雑に積み上げられた机上の向こうを見られない。びくびくと震えながら蠟が押された書状を渡したミルレオは、一度も顔を上げられていない。取り次いでもらう間も上げられた覚えがない。おかげでここから一人で外に出ろと言われたら、埋まりかけた窓から飛び出すしかない。今の時代魔女は箒で飛ばないため、何を足場にしようかと考え出した頃、ようやく机の向こうの人物が声を上げた。

男でも魔女と呼ぶのはどうなんだろうなと呟いてから。

その議論は毎年評議会に浮かんでは、まあ今までこれだからで流され続けている。お約束の泡沫であるが、そう告げる勇気はミルレオにはなかった。

「それで……ミルと言ったか。やけに可愛い名前だな。十六歳にしては小さいし……お前、腕はどうなんだ」

青年独特の張りがあって低い声にびくりと肩が跳ねる。別に何かが怖いわけではない。全部怖いだけだ。何より、彼の声には若干怒りが含まれている気がする。ミルレオ自身が脅えているからそう聞こえるのか、判断できる余裕はなかった。

どこか雪景色を思わせるミルレオの様子は、ひたすらに悲痛が溢れ出ていた。これから上司となる男は、髪から服まで黒い。しかし瞳だけが緑で、獣のようで余計に怖い。彼がこのスケーリトン地方の領主であり、西の守護伯を務める二十四歳のガウェイン・ウェルズ伯である。

ウィザリテは、守護地の名前の通り、防衛の拠点を大きく東西南北で分けている。様々な領主が混在する四つの地を治めるのは、四人の守護伯だ。領主も私軍を持っているが、守護伯が持つ軍はそれらとは比べものにならない。第一軍団から第十三軍団、更に守護伯付きとして親衛隊を持つ。戦争が始まった際、主として戦闘を行うのは守護伯が持つ兵士達だ。要請があれば王都からも応援が出るが、余程の事態でなければ守護地だけで収める。それもまた、守護伯の腕の見せ所だ。

目の前の男は、若くして爵位を継ぎ、東西南北の守護地のうち西を守りきる手腕は有名だ。西方守護伯ガウェイン・ウェルズ。ミルレオも、名前だけは知っていた。

「半人前でございます！　大変申し訳ございません！」

脅えきって必死に頭を下げる小さな身体に、彼は同情が籠もった瞳を向けた。

「いや、すまん。お前も被害者だったな。別にお前に怒ったわけじゃない。どうせ成り上がり者に貴重な魔女は割けないとかなんとか、上老院が渋ったんだろう。おかげでこの西にだけ守護伯付きの魔女がいない。再三寄越せと言っていたからな、いい加減煩くなってきたんだろう。悪かったな、ミル。お前は生贄にされたようだ」

書状を握り潰したガウェインの目は笑っていない。こっちを見ていなくても、怒っていたらどちらにしても脅えるしかない。

「ガウェイン！」

視線の怖さを咎めてくれたのは、ガウェインの隣に控えた副官、トーマス・スザリーだ。同じ地に勤める彼はガウェインと隊服が同じなので全身黒いけれど、髪と瞳はどこか稲穂を思わせる落ち着いた懐かしい色だ。顔も、ガウェインに比べて天地の差ほど和む。縮こまったミルレオの身体が、ほんの僅かに弛緩した。小指の爪の先半分ほど。

「いや、すまん。もういい加減上老院とは決着をつけねばなと思っていたところだ。お前はすぐに帰してやるから安心しろ」

素直に謝ったガウェインは、ぎょっと目を剝いた。ミルレオが絶望に膝から崩れ落ちたからだ。そのまま服が汚れるのも構わずガウェインの足に縋りつく。

「やめてください！　わた、いや、ぼ、僕、帰されたらお母様に殺されます！」

「は？」

「僕が何時までたっても半人前なのに業を煮やして、ここで修行して自分がかけた呪いを解いてこいと！　それが出来ないなら売り飛ばすと！」

真っ青な顔で震えるミルレオに、二人はぽかんと顔を見合わせた。トーマスが膝を折って身体を起こしてくれる。しかしミルレオはガウェインの足を放さない。

「落ち着くんだ。きっとお母上も、貴方に発破をかけようとしているだけで、呪いだなんて」

「実際呪われているのです！」

「は？」

二人の声が重なった。

「ちなみに、どんな？」

「その……申し上げることは……いへはいほうひなっへほりまひゅへ」

急に呂律が回らなくなったミルレオに、二人は頬を引き攣らせた。呪いは往々にして人に話せないようになっているのだ。ミルレオには恥や外聞を気にしている余裕は一切ない。その様子が更に憐れみと同情と、話の真実味を上乗せする。

「切羽詰まっても呪いが解けないようならそれまでだと。このまま帰ったら魔女の血統を守るために売り飛ばすと。でも、でも、僕、あの方は、どうしてもっ……！」

「で、でも、会ってみたら意外と気が合う人かもしれませんよ？」

あまりに憐れになったのか、会って間もないトーマスが我が事のように必死に慰めてくれる。和む顔通りの人だ。だがミルレオは、真冬に薄着で放り出された人間よりも青褪めたままだ。

「でも、あの方、目が二つあって鼻が一つで耳が二つで口が一つで！」

「そうじゃなかった方が困るぞ」

ガウェインが摑まれた足を所在無げに引く。すかさず細い指が縋りついた。

「顎が四つあるんです！」

「うっ！」

「指は一本一本がヤワイモのようで、座った長椅子が圧し折れたんです……。部屋に入るなり、服を、脱ぎ始めて……母とあの方との間にはどういう遣り取りが僕の知らない場所で一体何事が起こった結果どういった流れで何がどうやってあんな事態となってそしてどうやって逃げたのかは覚えていませんが自分の本能を褒め称えたのはあの日が初めてです」

しんっと静まり返った部屋に乾いたミルレオの声が淡々と続く。目も焦点が合ってない。

「……十六にもなって半人前な僕がいけないのですね。だからお母様もお怒りで、そうだ身投げしよう」

曖昧な笑顔で窓を目指したミルを必死に押さえたトーマスは、同じようにガウェインの足を摑んでいた。そして真っ青な顔で涙を散らしながら首を振る。

従兄弟であり旧知の友である副官と、一応待望の魔女。その二人から両足に縋られたガウェインは、本棚の隙間から窓を仰いだ。

「いい、天気だ」

非常に疲れた声だった。

大国グエッサルと隣接していながら同盟関係にないウイザリテは、大河の上流という好条件を持っている。魔女は自然と密接な関係にある為、森や水は美しく保たれ、肥沃な大地と広大な鉱山も尽きることなく資材を与えてくれる。地に眠る石にも恵まれ、宝玉は勿論、加工細工の職人が齎した工芸品で国は潤った。

かつて大陸中の国から迫害を受け、追いやられた魔女が辿りついたのは、痩せ枯れ、生命が死に絶えた地だと聞く。そんな場所しか残っていなかった。そんな場所を楽園と定め、故郷とし、長い時間をかけ育み、また守り通したのだ。

大国ではあるものの異民族の国を吸収して大きくなったグエッサルは、いつでも不安定で、狩り尽くされた土地は実りも薄い。グエッサルから当然のように寄越される再三の従属要求を蹴って早百年。小国ながら建国七百年の歴史ある古国であるウイザリテは、たかだか建国百五十年のひよっこに従う訳にはいかないのだ。

大陸には、ウイザリテ以外の地に魔女はいない。今や魔女とはお伽噺としてしか語られない国もある。全て狩られた。狩られて、刈られて、根絶やしだ。かろうじて生き延びた魔女だけが、ウイザリテに根付いたのだ。

国境はいつ戦端が開かれてもおかしくない状態だ。実際つい二ヶ月前もスケーリトンで戦があった。小競り合い程度なら日常茶飯事だ。先日は北で大規模な戦端が開かれたと聞く。かつては魔物と同列に扱い嫌悪して追いやった魔女を、他国は喉から手が出るほど欲しがっていた。治療から戦闘まで行える魔女が一人いるだけで戦況が覆ることもままあるからだ。

二十年前、大陸は稀に見る大飢饉に襲われた。作物は実りを迎える前に飢えた人間と獣に食い散らかされ、木の根まで失われた森は禿げ上がり、元々冬になると餓死者が出るグエッサルが早々に危機に陥ったのは当たり前の流れだ。山津波のように現れたグエッサル兵は、人間の欲求の下、狂気さえ孕み全力で食料を求めてウイザリテへと攻め込んだ。

退けば死しか残らない撤退なき敵兵に押されたウイザリテ軍は、南の国境を越えさせてしまった。西は時の将軍ハルバート・ウェルズが、後に英雄と呼ばれるきっかけとなった猛攻で押し戻したが、南はそのまま雪崩れ込まれるかに思えた時、女王レオリカが立ち塞がった。今でも伝説として語られる戦は人々の記憶に残っている。

女王はその時、神だった。

グエッサルを押し戻した後、レオリカは三年間意識不明となる。それでも国は荒れずに女王の帰還を待った。誰も女王のすげ替えを言い出さなかった。それほどに、ウイザリテはレオリカに心酔した。国を惚れさせた女王の娘。しかも女王の子の中で唯一魔女の力を受け継いだ、王女。期待されないはずがない。

ミルレオは、幼い頃から立派な魔女となるべく努力した。努力して努力して、レオリカ様はもっと凄かったと笑顔で切り捨てられる。いつかはきっと認めてもらえると思っていた頃もあった。けれど、何をしても、どれだけ努力しても、レオリカ様の娘だからで終わる。出来なければレオリカ様の娘なのにと落胆された。

　そのうち、公の場ではどんな簡単な魔法でも失敗するようになった。それ以外では難なく扱える魔法が、何一つとして成功しない。そうなると、もう駄目だった。ただでさえ落胆が積み重なった評価に、失望が重なっていく。ミルレオが表に出れば女王の恥となるとさえ堂々と言われ始めた。レオリカは何も言わなかった。

　いつだって、貴女は貴女でいいのだと言ってくれた。けれど、女王としてはそうもいかない。大臣達の総意がミルレオをしまい込む方針で固まれば、強引に覆すわけにもいかなかった。

　王の独裁は、こんな場面で使っていい権限ではない。使う場所が限られているからこそ、価値を持つ切り札なのだ。そんなことはミルレオも承知だ。レオリカの立場を危うくさせたいわけではない。そんなことの為に、頑張ってきたのではない。ミルレオ自身、大臣達の総意に逆らう理由も、気力さえ、残ってはいなかった。

　公の場に現れなくなり、城内でさえ居住区域から出てこなくなった王女の噂は、嘲笑と共に国中へ流れた。

　そんな状態の娘を、きっと母は案じたのだろう。後がない状況で西方へと叩き出したのだ。ミルレオは、自分が悪いと分かっている。いつまで経っても半人前で、母に迷惑ばかりかけているのだから。王城から離れた場所で修行し直してきますと、本来なら自分から言い出すべきだったのに、いつまでもぐずぐずしていた自分が悪いのだ。母の手を煩わせた。それは、ミルレオが自分を嫌う更なる理由となった。

いっそ魔女でなんかなくなりたい。力を継がなかった幼い弟妹が羨ましくて、そんな自分が浅ましくて堪らなかった。こんな思いをするのは長女である自分だけでいい。粗悪な模造品だと言われ続けるのは、私だけで充分だ。ミルレオは心の中でそう何度も唱えた。何度も何度も。言葉が擦り切れ、心を抉るだけで何の効力も無くなった後も。

「うう……むくつけきとはこういうことを言うのね……ガイア、リア、姉様はまた一つ勉強しました……あら？　むくつくきだったかしら……むくむく？」

王宮では決して使わなかった単語を思い出していると、背中から大鍋で殴られたような衝撃がきた。重たく硬い掌で背中を叩かれれば、吹けば飛ぶような身体のミルレオには大問題だ。

「なに考え込んでんだ？」

「ひぃ！」

引き攣った悲鳴を上げたミルレオを、上半身裸どころか下半身も下着だけの男が覗き込んでいた。ミルレオは悲鳴だけでは無くこちらも盛大に引き攣った顔を隠せない。最初の頃に比べて気絶はしなくなった代わりに、何か大切なものを失った気がする。ちょっと慣れてしまったのだ。そんな自分がとても悲しい。

初めてこの地を訪れてから早十日。西方守護伯は、半人前な上に呪われている、どう考えても押し付けられたとしか思えない厄介者の魔女を、西方守護伯付き魔女として城に置いてくれた。それも、魔女に必要な研究や薬の調合を行えるようにと、真っ当な魔女に与えられるような正規の部屋を用意して。魔女は戦いが始まれば最前線をかけるものだ。だから部屋は兵士寮の一角に用意される。これも、正規の魔女なら当たり前だ。常日頃から顔を合わせておかないと、いざ背を預けて戦う際に足並みを揃えられないからである。

　そうして過ごした十日間、風呂が共用となってしまう以外、特に困った問題はなかった。風呂も時間をずらしてしまえばいいだけだ。本当に、よくしてもらっている。慣れない暮らしに戸惑い、慣れない筋肉達にびくびくしている小さな魔女に、みな優しい。だから生活面においては問題ない。兵士達が、何かにつけて裸体となり、互いの筋肉を見せ合い競い合う以外は。

　ミルレオは、盛大に余った袖で顔を覆う。皆と同じ隊服を着ているのに、一番小さいサイズでも大きく、これでもかと折りこんだ服は最早別物だ。

深い黒の隊服はウイザリテ軍の統一色である。上着の長い裾は背中で分かれ、どこか燕尾服を思わせるが、これは敵と向かい合った際に人数が多く見えるようにする為だという。代わりに戦闘の邪魔とならぬよう、襟も袖もきちりと閉じられ、厚い底の軍靴は膝下までである。隊帽は階級によって変わり、上にいくほど角味を帯びる。所属したばかりのミルはベレー帽のように丸い帽子だ。

　本来魔女は軍服の着用が義務付けられていないけれど、同じ組織に所属する者として仲間意識を高める為に着用している者も多い。ミルの場合は、目立つ＝的になるの図式で、皆に隊服を強要された形だ。魔女といえど、小動物と呼ばれた少年が的になるのは気が引けたらしい。

装飾品が少なく威圧感の高い意匠は、西方守護軍の特徴だ。隊服は東西南北それぞれだ。統一色さえ守られていればそれでよく、形や意匠は地域によって異なっていた。北方はもっと生地が厚く、南方は生地が少なく装飾品が多い。東方は工芸が盛んな事もあり隊服にも装飾品が多いが、西方は装飾品が少ない代わりに緻密な刺繍があしらわれていて高級感が演出されていた。

詰めた襟の徽章と肩の飾りには西方守護軍の紋様。手袋、外套の背にはウイザリテの紋様。所属によって襟の徽章は異なるが、ウイザリテの紋様は全軍共通だ。

ミルレオには更に二つ、装飾品が追加される。一つは魔女である証、瞳に合わせた大きな金紫の輝石の首飾り。そして、西方守護伯付きであることを証明する指輪。宝玉のついていない、編みこまれて作られたかのような細工の黒い指輪だ。

揃った一式を身に纏えば身も心も引き締まるが、ほぼ裸の男達に囲まれて平常心を保てるほどの効力は発揮してくれない。

「な、何でもないでぅ……」

ちゃんと言い切れなかった。どうして彼らの身体からは風呂上がりでもないのに湯気が出ているのか。どうしてすぐに脱いでしまうのか。どうして一々ポーズを取るのか。別に知りたくないのに、疑問は尽きない。

彼らはガウェイン直属の親衛隊で、班長はここで白い歯を見せて笑っているジョンだ。誰より身体を鍛え上げ、誰より脱ぎたがる。それが彼だ。ジョンといえば平々凡々な青年を思い浮かべる。彼にだってきっとそんな時代があったはずだ。全く以て欠片も思い浮かばないだけで。暇さえあれば鍛錬に精を出しているのは偉いと思う。けれど全部賭け事に繋がるのは頂けない。自分を巻き込もうとするのは、もっと頂けない。

「そうだ、ミル。隊長閣下はどうした？　おまえがここで暇そうにしてるのも珍しいな」

「……うぅ、この独特の厳しい臭いには慣れない。隊長でしたらトーマスさんとお出かけです。そろそろお戻りにひぃ！　マックスさん！　お願いですから下着は脱がないでください！」

暑いと言いながら全裸になりかけた男から慌てて視線を外す。分かっている。こんな同性おかしい。けれど仕方がない。ミルレオは母の呪いで少年の姿をしているだけで、中身は箱入り娘の王女だ。異性の裸どころか足すら見たことがないのに。

「お母様ぁ……！」

あんまりだ。私に才能がないからって荒療治すぎる。これが嫌なら顎四つと結婚。究極の選択すぎる気がするのだ。嘆くミルレオの肩を、二人の厳つい男が抱いた。

「ほそっ！　おまえそれでも男か！」

いいえ女ですとは口が裂けてもいえない。彼らの腕のほうがミルレオの太股より太いなんてそんな馬鹿な。今は一応男のはずなのに、世の中って不思議に満ちている。

「いかん……いかんいかんぞ！　班長！　これはやはりいかんですぞ！」

「自分も同感であります班長殿！」

「我らは同士ミルの為に一肌脱ぐことを厭わぬ所存であります！」

あちこちで腹筋していた集団がいつの間にか集まってきていた。ガウェインの直属だけあっていつも一糸乱れぬ統率ぶりだ。ただし、乱れぬ方向は間違っているし、別の方向には多大に乱れている。そして彼らに脱ぐ肌はこれ以上ない。せめて下着は身につけてほしい。切実に。

ジョンはむくむくな蒸気を上げたまま、感動したように涙を拭った。汗ではないのだろうか。

「同士諸君！　諸君らの気持ちはよっく分かった！　作戦は今夜決行だ！　行くぜ野郎共ぉ！」

野太い歓声と同時に、ミルレオの身体が持ち上がる。

「ひぃ！」

「ついに出陣するときが来たぜ、ミル！」

「いざ初陣だ、魔男！」

足をばたつかせても所詮か細い足だ。捕獲された動物のようにあっさり部屋から連れ出された。別の単語を思い浮かべる魔男発言も訂正したいが、今は他のことが気になる。

「初陣⁉　まさか戦が始まったのですか⁉」

スケーリトンにきて十日あまり。トーマスに習いながらガウェインの雑務の手伝いを行う以外は、男ばかりの軍隊生活で気絶して、悲鳴をあげて、逃げて、絶望したくらいだ。

その度に絶叫して助けに入ってくれるトーマスと、役立たずの魔女を追い返さず、傍に置いてくれたガウェインに恩返しする時がついにきたのである。

意気込むミルレオには、ジョン達が鎧はおろか帯刀すらしていない現実が見えていない。指示で私服に着替えたのも作戦の一つだと本気で思っている。役に立たなければとの気合いが恐怖を打ち消す。

両拳を握り、か細い武者震いをしているミルレオの前で、深い堀にぐるりと囲まれた要塞の門が、左右八人掛かりで開いた。

「お前達、何をしている!?」

門の外から現れたのは、黒馬に乗ったガウェインとトーマスが率いる十人ほどの集団だ。外回りの仕事を終えて戻ってきたガウェインは、門の傍でもみくちゃになっている自身の親衛隊と魔女を見下ろし、胡乱な顔つきになった。

トーマスは、弟のように可愛がっているミルレオが、調子のいい親衛隊達にまたからかわれていると瞬時に察したようだ。不器用に馬から飛び降りて駆け寄ってくる。運動神経はあまりよくないらしい。転がるように駆けてくるトーマスが辿りつくより先に、ミルレオはむんっと入れた気合いのまま、ガウェインに告げた。

「あ、あの、隊長！　僕、頑張ります！　だから、帰れなんて仰らないでくださいね！」

少々疲れた顔をしていたガウェインは、ちんまりとした決意に、きょとんと首を傾げた。

「……何の話だ？」

ガウェインが連れていた護衛も含めると、総勢二十名以上になった大集団は意気揚々と近くの街バーレンに繰り出した。丁度用事があるからと同行したガウェインの横で、仕事で残るトーマスが涙ぐんだ目で繰り返していた言葉がある。『いいかい、四階の階段左をまっすぐ、突き当たりだよ！　左の突き当たりだからね！』と。

あれは一体なんだったのだろうかと首を傾げたけれど、誰も答えを教えてはくれなかった。

「わぁ！」

ミルレオは、夕焼けが消えようとしていても活気溢れる街並みに感動の声を上げた。帰路を急ぐ人々に、仕事を終えて夜の街で騒ぐ者、それらをターゲットに屋台の種類は昼間と変わる。

国境地帯は紛争地域でもある。軍人が多い。男の人数が多いということだ。城下町のように整然とはしておらず、どこかごったになった街並みだ。飲み屋が異常に多い。そうなるとあまり治安がよくないのは世の常だ。しかし、バーレンでは柄の悪い者は多くても、犯罪の発生率は意外と高くない。流石に女子どもは夜に一人で出歩けない程には他の町と同じであるが。

ちょっと小腹を膨らませていこうと誰かが提案した。肉まんや棒串肉や焙り肉や肉や肉や肉の屋台に突っ込んでいく筋肉を見送る。集団がばらけた後には、ガウェインが守護伯だと気付く人もいた。反応は多々あるが、大まかに見て軽く頭を下げる者が多い。私用だと格好で分かるからか、話しかけにはこず軽い会釈だけだ。

けれど、守護伯に対する確かな信頼がそこにはあった。慣れた様子で片手を上げ、それらに応えたガウェインは、自分の横に残ったミルレオを見下ろす。

「お前は行かないのか？」

「あ、隊長もですか？　僕はこれにしようと思いまして」

ミルレオが揃えた指で上品に示したのは、誰でも一度は食べたことのある簡単にして手軽な菓子だ。甘い生地を油で揚げて砂糖をふっただけの菓子は、家でも簡単に作れることもあり、子どものいる家庭では登場する頻度も高い。値段も安いので、子どもが小遣いを握り締めて買いに走る定番の品だった。

「また懐かしい物を」

仕草と選んだ品に微笑ましいものを感じて、への字が多いガウェインの口元が綻ぶ。

「僕、甘いものが好きなのです。温かい内に頂けるのも嬉しいです」

ちょっと恥ずかしそうに用意された手製の布財布は、男が持つには少々刺繍が可愛らしすぎたが、ちまっとしたミルレオには違和感がない。財布を握りしめてそわそわしている様は子どもそのものだ。ガウェインはつい丸い頭に手を乗せた。

「買ってやる」

「え？　でも、それでは、た、たかり？　になってしまうとジョンさんが。部下が上司に貢ぐのが正しい在り方だと伺いました」

「……お前がたかられてるとそろそろ気づけな？」

ガウェインは部下の在り方に口を出す主義ではないが、ミルレオはどうしても心配になってしまう。世間知らずで箱入りに見えて仕方がない。純真無垢な弟を持った気分だった。

「あの、一つお伺いしても宜しいでしょうか」

「ん？」

「たかり、とは、謀りの略語でしょうか」

「ん!?」

箱入り息子はガウェインの驚きには気づかず、本気で考え込んでいた。どこから突っ込めばいいのか悩むガウェインの横から、汗だくの手がぬっと現れる。

「ほいよ、お坊ちゃん！　熱いから気をつけな！」

頭の手拭を巻き直した男は、あまりに待ち遠しそうなミルの為に砂糖を多めにまぶしてくれた。砂糖は揚げたての生地上であっという間に溶ける。透明な照りを残し、甘やかに姿を消した。

「ありがとうございます！」

店主と上司両方に礼を言って受け取り、ちょこちょこ小走りで道の隅に移動したミルレオを、ガウェインは不思議そうに見送った。その先でミルレオはポケットからハンカチを取り出し、丁寧に縁石へ敷く。その上にちょこんと座り、満面の笑みで取り出した菓子を、ちぎる。

「齧れよ！」

「歩きながら食えよ！」

「つか、そのまま座れよ！」

　肉と肉を食べて戻ってきた同士達の突っ込みは聞こえない。もぐもぐと咀嚼してごくりと飲み込む。甘ったるくて油っこい。けれど簡単な大味が気がねなくて、とってもいい感じだ。繊細に重ねられた美しい菓子には慣れているし、それらも勿論好きなのだが、街にこっそり下りないと食べられない揚げたての菓子もまた、ミルレオの好物だった。

「うまいか？」

　同じ菓子を二口で食べ終わったガウェインを憧憬の目で見上げて、ミルレオは破顔した。

「はい！　……あ、あの、家の者に知られると怒られますので、その……どうぞ内密に」

「ふ……いいから黙って食え」

　結局最後までちぎって食べ、もう一枚のハンカチで口と手を丁寧に拭う。大変満足だ。にこにこと相好を崩していたミルレオは、ふと首を傾げた。あれ、私は一体何しに来たんだろうと。

　好奇心に負けてちょこまか寄り道するミルレオは、最終的にはジョン達に捕獲されて目的地に辿りついた。ここまでくると流石に戦ではないと気づく。

だとすると初陣とは何だろうと首を傾げるミルレオはいま、妙ににやにやしている仲間に囲まれて一つの建物の前に立っている。窓が多い様子から宿だろうと目星はつけた。表はあまり大きくないが、奥に続く構造からもそう予想をつける。屋敷であれば、大きさも財力の見せ所。玄関などその際たるものだ。それらが慎ましやかなのであれば、邸宅ではないのだろうと思ったのだ。しかし珍しい形の建物だ。

「こんなに沢山の塔があるお宿って珍しいですね。奥行きも広そうですし、窓の装飾も凝っていますね。貴族の方が利用されているのですか？　でも、どうして初陣？」

首を捻ってまじまじと建物を見上げていた肩を叩かれたミルレオの身体が吹っ飛んだ。気のせいだろうか。彼らの掌はミルレオの頭くらいある気がする。

「ミル！　おれらのおごりだ！　しっかり大人になれ！」

「は、はい！　…………はい？」

反射で返事をして、盛大に首を傾げた。

こういう造りの建物は、世間一般的に、まあ、そういう店であるという子どもでも大体知っている常識を、残念なことにミルレオは全く以て欠片も知らなかったのである。

怖い怖い香水怖い！　噎せ返る香りには薬草の調合で慣れているつもりだったが、甘かった。自分を際立たせ、相手を呑み込もうとする匂いはつける量も気迫も違う。王宮で開かれる夜会や茶会では嗅いだことのない匂いも多い。

それらすべてが混ざり合って頭がくらくらしてくる。甘く蕩けそうな声が耳元で囁いてびくりと振り向くと、同じ年頃の少女が真っ赤な口でにこりと笑った。夜会で胸元は出し慣れているものの、太股までスリットの入った服に顔が真っ赤になる。足は貴婦人の宝石。たとえ背や胸元を強調したドレスを着ようとも、足だけは出さないのが嗜みだ。ダンスの最中に足首をちらりと見せてやるのよと笑ったのは誰だったか。……お母様でした。

「あ、あの、僕は本当に、あの！」

必死に押しのけた手が取られ、寄せられた胸に押しつけられる。

「うふふー、真っ赤になって、か・わ・い・い」

「いいのよぉ、なぁんにもしなくて。あたし達が、全部して、あ・げ・る」

「あたし達と、大人になりましょぉ？」

男性のあしらい方を教えてくれたお母様は、女性から貞操を守る術は教えてくれなかった。ミルレオは半べそをかきながら、剝ぎ取られる服を必死で搔き合わせる。これはどうすればいいのだろう。いくら本当は女とはいえ、否、女だからこそ何か大事なものを失う！

『四階の突き当たりだよ！　左だからね！』

切羽詰まった顔で何度も叫んでいたトーマスの顔が浮かんだ。和む純朴な顔が神に見えた。

「申し訳ありません――！」

目の前のやけに髪の量の多い少女を押しやり、転がるように逃げ出した。摑まれていたボタンが弾け飛んだ。怖い！

「ああん！　逃げたぁ！」

「追いかけましょぉ？　あれ絶対」

「鴨がネギしょって鍋に入ってやってきたんだものね！」

怖い会話が後ろから追ってくる。怖い。ひたすら怖い。逃げ出したはいいが、おろおろと辺りを見回し、固まった。薄い紙張りの扉から光と影が漏れ出ている。ゆらゆら揺れる影は意外にはっきりと中の様子を照らし出す。流石にそういう知識はある。あるだけに居た堪れない。

「階段！」

転がるように手摺にしがみついて駆け上がる。今は二階なので二回上がればいいはずだ。必死に二階分を駆け上がった。下と同じような部屋が続くと思いきや、四階の様子は階下とはがらりと違っていた。扉は板張りで間隔も広い。一部屋の大きさが違うのだ。音も静かで階下のように声が漏れる事も、廊下で人とすれ違うこともない。

「ミルさまぁ？」

「どちらにおいでですのぉ？」

「たのしいこと、し・ま・しょ？」

階下から影が伸びてひたひたと足音が聞こえてくる。幼い頃の寝物語に聞いた、捕まったら影に骨まで食べられるという怪談を思い出した。ミルレオは慌てて左右を見回す。

「左の突き当たり……左ってどちらでしたっけ!?」

混乱も極めれば左右を忘れる。ほぼ反射的に、かろうじて左に曲がったミルは、明かりの少ない廊下を走りぬけた。闇に紛れた扉が浮かび上がった時は神に感謝した。

ノックも忘れて飛び込む。自分の体重で倒れ込むように扉を閉めれば、音はぴたりと遮断され、恐怖の声は聞こえなくなった。そこでようやく、恐怖だけに支配されていた心身に光が灯る。廊下の暗さとは違い、意外と明るい部屋にもほっとしてしゃがみこんだ。

「やっぱり来たな」

聞き慣れた声に、心臓が勢いよく跳ね出た気がする。膝につけていた額も一緒に跳ね上げた先で、自分の上司が苦笑していた。髪は乱れ、上着はどこかに落とし、シャツは裂け、ズボンも微妙に脱げているミルレオの惨状を見下ろし、ガウェインはしみじみ言った。

「酷い格好だな……お前、魔女じゃなかったか？」

肘を掴んで立ち上がらせたミルレオの腕は、ガウェインの指が回ってしまった。細さに眉を顰めたガウェインに、ミルレオは慌てて答えた。

「ま、魔法は人の為にあれ、です」

「魔女の金剛石の掟、か」

魔法を私利私欲で扱うなかれ。一般人への攻撃は、反撃のみが許される。

なのだ。

迫害を受け続けた魔女が定めた掟を、現代の魔女達は忠実に守っている。もしも掟を破ろうものなら、魔女による制裁が待ち受けている。魔女が魔女としてこの世にある為に、掟は絶対なのだ。

「あれは攻撃と見なしていいと思うけどな。ほら、立てるか？」

引っぱられるままに奥へと進む。部屋の隅にひっそりと寝台はあるものの、使っていた様子はない。書類がテーブルの上に散らばっている。どうやらここでも仕事をしていたようだ。しかし、さっきまでこんな書類は持っていなかった。

不思議に思ったミルレオだったが、すぐにはっとなった。聞いた事がある。こういった娼館は密会などに使われる事があると。守護伯を預かるガウェインも仕事中だったのだ。

「お、お仕事中に申し訳ありませんでした！　僕、すぐに撤収を致します！」

出来る限り書類を視界に入れないよう気をつけながら。慌てて背を向けようとして、肘を摑まれたままなのに気づく。ガウェインは気にした風もなく、のんびり部屋の中に戻っていく。

「まあ待て。どうせなら手伝っていけ。毎度毎度新人をからかっては楽しんでるんだ、あいつらは。真面目に付き合ってやる必要はない」

なんて優しい！　ミルレオは解放された手で、思わず口元を覆った。筋肉達と比べたらまるで天使のようだ。ちょっと目つき悪いけど。

ここは、下の部屋に比べるとどちらかというと居室に近い。ソファーやテーブルの応接セットも完備されている。テーブルの上に散らばっている書類を簡単に纏めていると、じっとこちらを見ている上司に気がついた。

「あの？」

「その書類の人物を知ってるか？」

纏めた書類の一番上に書かれていた名前を見る。

「デューク・ウズベク様……フスマスティス家のご令嬢が嫁がれた家のご当主様ですね。この方がどうかなさったのですか？」

「近い内に城に来るかもしれなくてな。中々気難しいと聞いている。持て成すのも一苦労だ」

「そうですか……確か辛い物や苦い物がお好きではありませんので、お酒やお料理は甘めが宜しいかと。あ、葉巻もお嫌いですので、お話し相手の方も吸われない方が……後は……お付きのヘンドリック様が少々変わった御方だと聞き及んでおりますが……」

口ごもる様子に、事情を察したガウェインは得心したと頷いた。

「分かった。お前が貴族側の情報に敏くて助かる。どうもこの地はそういった情報に疎くてな」

王宮では貴族の情報を耳にする機会が多い。望む望まざる関係なく、そういう話題しかないのだ。ミルレオは噂には疎くとも、教育は受けているので目ぼしい貴族の情報は入っている。

微力であろうが力になれたことが嬉しくて、ミルレオは安堵と一緒に喜びを浮かべた。

他にも何かお役に立てないかと思いながら、横の椅子に座る。何か書き込みながら書類に目を通していく速度は、慣れた人間にしか出せないものだ。腕が立つとは聞いていたが内政も不得手ではないのだろう。西方は彼が守護伯となってから少し豊かになったと聞く。

ミルレオは、邪魔にならないようタイミングを見計らい、そっと尋ねてみた。

「あの、伺っても宜しいでしょうか？」

あまり自分から話しかけてこなかったので、ちょっと驚いた顔をされる。

「別に構わんが、頼むからあんまり畏まった伺いを立てないでくれないか。俺は下町育ちでな。仕事でなら仕方ないが、私用でまでそれだと居心地が悪い」

苦笑した顔は何歳か幼く見えた。ガウェインは落胤と聞いたことがある。先々代のハルバートは西の英雄と呼ばれるほどの男だったと、個人教師の授業で知ってはいた。

「申し訳ござ……ありませ……すみま……ご、ごめんなさい？」

礼儀を徹底的に叩き込まれているミルレオだ。畏まるなというほうが難しい。育ちの良さが前面に押し出されている魔女の様子に、ガウェインは苦笑した。

「お前は本当に育ちがいいな。放り込まれたとはいえ、それでここはつらいだろうに」

同情を籠めた大きな手が丸い頭を撫でる。細い首はかくんと揺れた。ガウェインを見上げる瞳は大きな金紫色だ。どんな宝玉よりも美しいと、柄にもなくガウェインは思った。

「いいえ、僕はちっともつらくなんてありませ……いえ、訂正します。ジョンさん達が全裸になるのはとてもつらいです」

「……それは、すまん。注意しても直らないんだ、あれは」

「でも、他は本当につらくなんてないんです。楽しいことばかりです。本当に恥ずかしいくらい世間知らずで、魔法も強くない役立たずに、皆様は本当に良くしてくださいます。分からなくても教えてくださいますし、魔女であることに何かを押し付けたりもなさいません。お母様は出来たのになんて言われること、も……失礼しました。些事を申しました。お忘れください」

すっと下げられた背と頭。それは見事な一礼だった。無駄な動きが一切ない美しい手本のような礼。金紫の瞳は隠され、表情は何も見えない。

再び頭に手を乗せ、勢いよく掻き回す。ぼさぼさにされて尚、ミルの髪はさらさらと触り心地の良いリネンのようだ。どう反応したらいいか分からないと瞳にもありありと表れた困惑を、ガウェインは苦笑で流した。本当に幼子のお守りをしている気分だ。しかも、迷子の。

「ここは西の激戦区でな。昔はどこを見ても死体が転がっていたことからついた渾名がスケルトン地方だ。実際その辺掘ればしゃれこうべも出てくるだろう。しかし相性がよくないのか、中々魔女が居つかない。魔女はすぐに死ぬという妙な伝説まで出来てしまった。西は最も魔女が少ない地域なんだ。だからここでは魔女を見ていない奴が多い。当然お前のお母様とやらも」

つらつらと流れる言葉は、もしかして励ましてくれているのだろうか。思い至った瞬間思わず吹き出した。口元を押さえてくすくす笑うミルレオに、ガウェインは少しばつが悪そうな顔になる。それが弟妹に重なって、ミルレオは余計におかしくなってしまった。

「申し訳ご……ごめんなさい。きっとお母様のようになれますよという励まし以外が珍しくて。隊長は本当にお優しいですね。だから僕をここに居させてくださったのですか？」

「だから畏まった言い方はよしてくれ。で、聞きたかったのはそれか？」

「申し……ご、ごめんなさい、鋭意努力致します」

生真面目な顔で決意を固めたミルレオに、ガウェインは苦笑した。

「理由は幾つかある。たとえ半人前だろうと魔女は魔女だ。西方守護地に居ついてもらえればありがたい。他の魔女が移住するきっかけにもなるかもしれないからな。魔女の医術は貴重だ。後は、さっきも言ったが俺は成り上がり者でな。成り上がり者には魔女もつかんと揶揄されるのも飽きた。俺の所為で西方全域が馬鹿にされると陳情してくる馬鹿もいる。何百年も西方守護地に魔女がいないのは俺の所為か畜生」

色々大変なようだ。しかし、ミルレオは尊敬をこめた瞳でガウェインを見た。

「ガウェイン様は、本当に素晴らしい方なのですね」

「ん？」

今の話をしてまさか自分を褒められると思っていなかったガウェインは、素直に首を傾げる。

その様子に、ミルレオもきょとんと首を傾げた。

「他に貶すところがないから、ご自身ではどうしようもないご出自を持ち出されるのですから、ガウェイン様は本当に凄い方なのです！」

　ガウェインは一瞬ぽかんと口を開けて、次いで噴き出した。その勢いのまま、またミルレオの頭がぐしゃぐしゃと掻き回され、首が揺れる。

「あー、笑った！　お前、可愛いなぁ。お前は、まあ、呪い持ちの半人前で、育ちも良い感じだからやっていけないかとも思ったが、中々どうして馴染んでいるし、他の奴らもお前を気に入ってる。最大の理由はトーマスだが」

　予想外の名前が出てきた。きょとんとしたミルレオの反応にガウェインはまた苦笑する。

「あいつは人を見る目があるんだ。あいつがどうにもしっくりこない奴は、何かしら問題を起こす。そんなあいつが一目で気に入ったからな、大丈夫だろうと。な？　正解だったろ？」

　ガウェインは、副官であり従兄弟であるトーマスを、公私共に信頼する右腕だと公言している。ガウェインが爵位を継ぐ際、落胤を今更家に入れるくらいなら従兄弟であるトーマスを養子に取ればいいという意見も多かった。しかしトーマスは『僕は、僕が継いでもガウェインに頭を垂れるよ』と言い放った。

　今でも、部下として友人として従兄弟として、彼の代わりはいない。

「まあ、こう言ったら俺が自画自賛しているようで少々居心地悪いがな」

　少し照れくさそうに笑うガウェインを見ながら、ミルレオは、二人の関係に素直に憧れた。

「お二人は、とても素敵なご関係なのですね」

大きく純粋な瞳で見つめられたガウェインは、やってもいない罪を白状したくなってきた。十六だと聞いていたが、見た目だけでなくどうにも幼い印象だ。丸い頭がそう思わせるのか。

「そうだ。ミル、呪いを解く取っ掛かりは摑めたのか？」

どうにもむず痒くなった気持ちを誤魔化そうと、話題を変えて何気なしに聞けば、幼い子どものような笑顔が一瞬で絶望と化した。ただでさえ細い身体が一回り萎れたように見える。

「……お母様は、怖いんです」

「ま、まあ、気持ちは分からんでもない、が、子どもだった時分よりはマシじゃないか？」

小さくて細い手をぎゅっと握りしめ、上げられた金紫の瞳は虚ろに彷徨った。

「…………………隊長に励まして頂いたので頑張ります……」

「お、おう」

音をたてずに立ち上がる様さえ品があるように見える。反対に表情は役者でもしないような悲愴感溢れるものだった。心做しか小柄な身体が更に小さく見える。ミルは悲痛な顔で部屋の四隅を回り、ぽんぽんと叩いて何事かを呟いていた。

「何してるんだ？」

「防音です……」

用意が終わったのか、金紫が閉じられる。同時に銀青が翻った。両手を緩く開いた周りを、室内にもかかわらず風が舞う。

「北に銀雨、東に緑華、西に雪彩、南に陽音。我が身を蝕み呪いを退けろ！」

円形の術式がミルの足元に大きく展開した。

ガウェインは、吸い込まれるように光で描かれた術式に見入った。魔女が魔法を使う様を見た経験はある。そのどれよりも緻密で繊細な、まるで雪の結晶のように美しい術式だ。しかし、すぐに術式は変容していった。艶やかに、大輪の花が咲き誇るような鮮やかさに。

一際大きな風が吹くと同時に青い光が小柄な身体を包む。一瞬、銀青が波打って少年の背を覆ったように見えた。見間違いかと瞬きした瞬間、少年の表情が一気に強張る。身体を覆っていた風が急激に形を為し、鬼でさえもっと可愛いと反論したくなる形相で大きく口を開く。

『この未熟者がぁ！』

「ひいいいいいいいいい！」

「うわあああああああああああ!?」

地獄の底から飛び出したような声を出したそれはあっという間に霧散したが、がたがた震える身体を反射的に抱きしめ、ガウェインは珍しく状況把握に時間がかかった。

「……あれが、母親、か？」

「ごめんなさいごめんなさい申し訳ございませんお母様ぁ！」

ぶるぶる震える少年が憐れな子兎に見えてしまったガウェインに罪はないだろう。あれは怖い。本当に怖い。戦で瀕した命の危機は可愛いものだったと、ガウェインはしみじみ頷いた。

第二章　西方守護伯付き魔女と役立たずの王女

毎日繰り広げられるむくむく筋肉から逃れる方法を、ミルレオは発見した。一般人か限りなく疑わしい相手への自衛手段。それは静電気だ。筋肉達は地味に痛いのは苦手らしく、ミルレオの身体を無闇に抱え込んで引きずらなくなった。但しジョンには全く通じない。静電気どころか雷撃になっても平気な顔で笑っていた時はどうしようかと思った。どうも出来なかった。

周りを深い堀と高い壁に囲まれた守護伯の城はさながら堅牢な要塞だ。塀を越えると広い空間が広がっている。兵士が集まれるようになっているのと、戦の際に街人達が逃げ込み簡易の避難所を準備できるくらいに広いのだ。城の内庭は来客用に花々が咲き誇り、丁寧に剪定されているのに比べ、塀の近くになると結構おざなりになっている。

ミルレオは人通りの少ない雑草の生えた陰で浮いていた。足を組んで宙に浮き、かれこれ小一時間はこのままである。精神集中のついでに術の保持を練習しているのだ。

レオリカが術を使うイメージを思い浮かべる。洗練された無駄のない術式の中に溢れる鮮やかな美しさ。誰もが目を離せなくなる。お母様のように艶やかな術式。ぐわっと内側から開いた顎に気づいて慌てて術を解く。動揺はそのまま精神に表れた。体勢を維持できずに落下する。

「あいたぁ……」

思いっきり打った尻を摩る。これを、今日だけで何度繰り返しているのやら。

「何がいけないのかしら……」

イメージは摑めているのだ。まるで母自身のように、苦もなく放たれる美しく鮮やかな術式。しかし、同等の技で粉砕しようと試みるも、形になる直前に砕かれる。

直接地面に寝転がって空を見上げる。王女では絶対にできない格好もミルなら簡単だ。木漏れ日が目に当たり、痛みに窄める。片手を上げてくるくる回すと枝だけだった木に葉が生い茂り、花が開く。増えた木陰で光を防ぎ、ミルレオは深く溜息をついた。

ふと騒がしい声が聞こえて身体を起こす。

「天駆ける龍よ、我に制空権を」

素早く呟いた途端、両足に術式が浮かび上がった。そのまま空を駆け昇り、高い屋根の上に移動して門を眺める。跳ね橋と沈み橋を攻略しなければ渡れない正門が開き、何騎かの馬が駆け込んできた。厩に戻す手間も惜しいのか扉の前まで突進したら、驚いた扉番に押し付け、城内へ駆け込んでいってしまった。巻き込まれたメイドが手綱を握っておろおろしている。

「どうしました？」

逆さまに現れたミルレオに、メイドは悲鳴を上げて手綱を放してしまった。

「わ！　ちょっと待ってください！」

慌てて手綱を摑み、馬の背へひらりと飛び乗る。

「僕が連れていきます。それよりどうしたのですか？　随分慌てた様子でしたが」

他の馬を手招きで集める。掌に鼻筋を擦りつけてくるので撫でてやれば嬉しそうに尾を振ってくれた。ああ、可愛い。まだ幼い弟妹を思い出す。ガイア、リア、姉様は頑張っています。

メイドの顔には見覚えがあった。来たばかりの頃に部屋が分からなくなって困っていたとき、案内してくれ、なかった人だ。確か名前はサラだっただろうか。赤茶色の癖毛が印象的で覚えている。何故か嫌われているらしく、偶に見かけても鼻を鳴らして顔を逸らされてしまう。今も、相手がミルレオと分かるや否や、ふんっとそっぽを向いてしまった。

「知らないわよ、そんなこと！　それよりあなた、レディの前に空中から現れるなんて非常識よ。失礼にも程があるったらないわ」

「そうですね。失礼しました」

自分でもそう思い、素直に謝る。サラはちょっと驚いた顔をしたが、すぐに鼻を鳴らした。

「では、僕はこの子達を厩番の方にお願いしてきます。皆さん、僕と行きましょうね」

「ハーメルンみたいな事しないでくれるかしら!?」

「笛は吹いていませんよ？」

ぞろぞろと馬を連れて移動していたら、窓から気付いた人々にぎょっとした顔をされた。魔女が居つかないスケーリトン地方では魔法が珍しいのだろうとミルレオは思った。実際は、小柄な少年が、ぞろぞろ引き連れた馬に満面の笑みで話しかけていることにぎょっとしているのだが、ミルレオはちっとも気づいていなかった。

馬を厩番に託し、城に戻ろうとしたミルレオは、ぴたりと足を止めた。何か妙な気配を感じたのだ。はっと視線を向けると三階の窓辺りに何かがいる。

「インプ！」

爬虫類のような皮膚に羽、鬼のような顔に意外と愛らしい鳴き声の魔物だ。しかし人気のない山奥ならともかく、人里に自分の意志で現れることはめったにない種族である。ならば使い魔だ。

「右にシリウス、左に綺羅星、この地に流星の檻を！」

昼だというのに空から白銀の矢が降り注ぎ、インプを囲ったまま地面に突き刺さった。指先をくいっと曲げた動きに合わせて檻が形作られていく。ぴぃぴぃ鳴くインプを覗き込み、その首を確認する。紋様がぐるりと首を囲っていた。

「やっぱり使い魔……この周辺に魔女はいないって聞いていたのに」

だからミル・ヴァリテが就任したのだ。魔女のいない地に、魔女の使い魔がいる。これは、ガウェインに報告しないわけにはいかない。ミルレオは再び高く跳躍した。

本棚で遮られた窓を外側からノックすると、剣を抜いたガウェインと目が合った。驚かせて申し訳ないが剣は抜かないでほしい。窓からでもノックしておいて良かった。いきなり入ったら斬られていたかもしれない。

窓越しで聞き取りづらい声に、手振りで入室の許可を取った。

「ちょっと待て、この窓は開かないんだ」

別の部屋から回れとの指示に首を振ると、ミルレオはするりと部屋に入り込んだ。上半身だけ本棚から突き出した状況に、部屋にいた人々の顔が引き攣る。

我に返ったのは、隣の部屋の窓を開けに行こうとしていたトーマスが一番早かった。

「ミル！　ちゃんと文明の利器を使いなさい！」

生まれて初めて聞く類いの説教である。その説教に、固まっていたガウェインも気を取り直したらしい。ぱちりと瞬きをして、まじまじとミルレオを見下ろす。

「そうか、そういうことも、出来るらしいな。何だお前、ちっとも半人前じゃないじゃないか」

「いえ、全然お母様にはなれません」

身体を全部入れたところで手だけ引っかかる。檻を考慮するのを忘れていた。すぽんと呑気な音をさせて引き抜く。檻の中でぴぃぴぃと鳴く恐ろしい顔をしたインプを覗き込んだ面子は、何とも言えない顔をした。ガウェインがそぉっと口を開く。

「飼いたいのか？　ちゃんと世話するなら構わないが……お前、可愛い顔で凄い趣味だな」

「捨てインプを拾ってきたわけではありませんよ!?　使い魔のようですけど、スケーリトン地方に魔女はいないのでは？」

二人は目を丸くした。

「お前以外いないはずだ。少なくとも俺は聞いてない。トーマスもだろうな」

「ガウェインが知らないなら、いない。むしろ、そうじゃないと駄目なんだけどな」

トーマスは深い溜息を吐いた。落胤だったガウェインに従わない者も多いのだろう。名家や古い血筋の者ほどその傾向にある。他の守護地は王家の血筋が治めている。西方だけが違うのだ。この地の豪族は戦闘に優れ、王家も下手に所有権を渡せとは言いづらかったのだと聞く。

ガウェインは口角を歪めた。

「本来なら、な。おい、ザルーク、いつまで固まってるつもりだ。帰ってきたばかりで悪いが、仕事だ仕事」

部屋にいた残り一人は、ミルレオと同世代の赤茶色の髪の少年だった。目をくりくりさせて呆然と立ち尽くしている。ミルレオの行動は、今までであれば突然現れたことには驚かれても、行為自体に驚かれはしなかった。しかし、ここスケーリトンでは動揺に値する行為なのだろう。これからは気をつけようと、自分の浅慮を反省する。

「あの、その方が先ほど随分慌てていらっしゃ……いたようですけども、どうなさ……どうされ……どうしたんですか？」

何度もつっかえるミルレオの頭を苦笑した手が掻き回す。髪は派手に乱れたが、意外と心地好いので、今度弟妹にもやってあげようとこっそり決めた。

「なに、先触れもなく王族が我がスケーリトン地方においでになっただけだ」

「ぶっ……！」

「……どうした？」

品無く噴き出したミルレオは激しく咽せた。王族に対する純粋な驚きと取ってくれたガウェインは、そんなに驚かなくて大丈夫だと宥めてくれる。

「お、王族ですか」

「そうだ。滞在費はこっち持ちなんでな、戦も続くし出費は痛い。まあ、滞在は守護伯の城ではなく名家の屋敷らしいが。しかし、あまり公の場に現れないミルレオ王女が何の用だ？」

「わたくし!?」

「綿串？　何かの新商品か？」

そうかミルレオ姫がここに来るのかぁ、そうなのかぁ。そんな馬鹿な。

「いや、あの、え!?　いや、そんな事もあるある……ないですよね!?」

「いや、知らないが」

「隊長、それは偽者です！」

凄まじく不敬な言葉を吐いたミルレオをトーマスが慌てて窘めた。この場にいる者しか聞いていないとしてもまずい。しかし、普段は大人しく口を噤むミルレオは従わなかった。

「――根拠は？」

ガウェインはじっとミルレオを見た。何かを探っているのか、見定めようとしている瞳には慣れている。こんな真摯な物は珍しいけれど。だから、ミルレオは躊躇わなかった。

母は知っているのだろうか。もし知らないならば知らせなければならない。公の場に出ないという事は影響力も少ないが、それでも王族というだけで権力者は従わなければならない。仮令名前だけであろうと、母を煩わせるわけにはいかない。

「僕はミルレオ姫と面識があります。姫は大事な用事をしている最中なので、旅行なんて余裕はありません。滞在費など出す必要はありません。捕まえて、恩賞を貰ってください」

「証拠は？」

「王宮に問い合わせて頂ければ一番早いのですが……到着はいつ？」

ひょいと肩が竦められた。

「既に西方には入っておられるそうだ。早いと明日の昼前には着く」

間に合わない。ミルレオが自身の伝手で便りを送って返事を貰っても、確実な証拠にならない。身分を明かしていないミルレオが提示するには、公の書類でなければならないからだ。

「分かりました。では、僕が直接会います」

王家に属する者として、一人の人間として、ミルレオの名は渡せない。それはミルレオのちっぽけな矜持であり、そして、重大な責である。役立たずの未熟者でもそれは変わらない。

ミルレオは瞳を吊り上げて、まっすぐにガウェインを見た。

私は、王女だ。ミルレオの名で悪事など働いてみろ。

「お母様がお怒りにっ……！」

急に青褪めたミルレオはがたがた震え始めた。この脅えようは嘘ではない。ガウェインは憐れみに近い感情でそっとその肩を叩いた。嘘で毛穴まで開けるものか。

「分かった。分かったからそこまで脅えるな」

「ガウェイン様⁉」

叫んだのはまだ固まっていたザルークだ。魔女が離れて久しいスケーリトンでは魔法を見る機会はそうそう無いので、驚くのは仕様のないことだった。

「とりあえずお前を信じよう。しかし、ミル。もしもの時はお前を切り捨てるかも知れんぞ。それでもいいか？」

「あ、はい」

けろりと返事したミルレオに怒ったのも、ザルークだった。

「お前もあっさり返事すんな！」

「いきなり斬り殺さないで頂けたら、僕はそれで結構ですけど」

「何でだよ⁉」

「死んだらお母様に殺されるからです」

至極真面目な顔で、ミルレオはきっぱりと言い切った。

この身はミルレオの物でも、ミルレオだけの物ではないのだ。名も然り。誰にも渡すわけにはいかない。使うのであれば母王の命の下、許可を取ってもらわなければ。

政略のため嫁ぐ決意も、国の代わりに死ぬ覚悟もある。四つ顎との結婚は、かなりの覚悟を必要とするけれど、そうしろと言われたら、ミルレオは従う。ミルレオは魔女で、王女なのだ。ウイザリテにおいて、魔女である身には責がある。王族であるのなら尚のこと。けれど、責では死ねても、成り代わりの為に消える理由はどこにも無い。

ぐしゃりと一際強く頭を撫でられた。見上げた緑が僅かに歪んでいる。首を傾げる間もなく彼は嘆息した。上に立つ者は下を切り捨てても守らなければならないものがある。それは古参者ではなく新参者が相応しい。傷も少ないはずだ。だから彼の決断は正しい。

ミルレオは心の底からそう思っていたが、非難の欠片もない瞳で見つめられた方は堪ったものではない。恨み辛みは受け止め慣れていても、純然たる決意を向けられると、少々、つらい。そうガウェインが思っているなど露知らず、ミルレオはまっすぐにガウェインを見上げていた。

「……お前は全く……小動物かと思えば肝が据わってるな」

これは褒められているのだろうか。ミルレオには判断がつけられない。

「怖くないのか？　俺は本当にお前を見捨てるぞ」

ミルレオはきょとんと首を傾げた。

「就任して日の浅い者が犯した失態でしたらあまりご迷惑をおかけせずに済むかと。それに……お母様より怖い事は、あまり……」

「ああ……なるほど……」

「見捨てられないよう努力はします。僕はここが好きですから追い出されたら悲しいです。それに、追い出されるのはあちらですから」

金紫に迷いはない。偽者は絶対に暴いてみせる。お母様に殺されないうちに！

身震いは武者震いか、恐れか、誰も判断出来なかった。意気込んで小さく拳を握る様子は、子アリクイが躊躇いがちに身体を広げて威嚇しているようにしか見えなかった。

夜も更けた頃、ミルレオは見張りの兵士が交代する隙を狙ってこっそり廊下を走っていた。今夜は満月なので空を移動する方が目立つのだ。そぉっと現れたのは中庭だ。中庭は来客から見えるため季節の花々が計算されて咲き誇り、組まれたアーチにも美しく絡まっている。華美を好まないガウェインだったが、庭はトーマスの趣味だそうだ。その中庭の、更に奥へと進んだ先に東屋があるのをトーマスから聞いていたミルレオは、闇に紛れて東屋を目指す。

あまり使われていないらしく、他から見えづらい位置にある小さな東屋は、蔦や枯れ葉で令嬢が喜ばない雰囲気を作りだしていた。だが、ここが美しい場所であっても、令嬢は中々好んで訪れないのがスケーリトンという土地である。

「ウパ！」

そっと覗きこんだ中にいたのは大きな梟だ。母レオリカの使い魔であり愛鳥であるウパとは、子どもの頃から仲良しで、昔はよく背中に乗せてもらって空を飛んだものだ。

使い魔は通常の個体よりも大きい事が多く、例に漏れず巨大なウパを抱きしめる。ふわふわとした毛先と、爪と嘴の固さが対照的で楽しい。

一通り再会を喜び楽しんだ後、羽の中から手紙を取り出す。女王である母に偽娘の情報を渡さないという選択はない。自分が王女だと知らないガウェインには、正しい情報だと信じてもらえない事実も気がかりである。だが、仕様がない。今の自分はミルという名の男の子なのだ。呪いも解けずに王女なんですなんて言えない。それこそ斬り殺されるかもしれない。

通常、魔女同士の連絡は水鏡を使う。ミルレオも、報告は安全な水鏡を使用したけれど、母の方が届けたい物があるからと返事は手紙になり、配達役にウパが来てくれたのだ。嬉しい。

母からの手紙には、偽者に関してはこっちも探るそっちも探れとしか書かれていない。後は風邪を引かないように、腹を出して寝ないように、寝る前はトイレに行くようにと、弟妹達と間違われているんじゃないかと疑いたくなる注意書きが記されていた。一つだけ、好きな人ができたら真っ先に教えてねという謎の一文があった。お母様、徹夜続きで眠いんですね、そうなんですね。ミルレオは静かに納得した。

母のサイン付きの手紙を手元にはおけない。手紙はミルレオの手の中で瞬時に燃え尽きた。

問題は残りの二枚だ。それぞれ違う封筒に入っている。首を傾げて取り出したミルレオの背後に向けて、突然ウパが羽を広げて威嚇した。

「ウパ、どうしたの？」

「何をしてるんだ、ミル」

唐突に現れたのは、髪が闇に溶けているガウェインだ。部屋着に着替えているが、寝巻きでないところを見ると仕事をしていたのだろう。彼は一体いつ寝ているのか。朝も早くから鍛錬している姿をよく見かける。そのまま仕事に出て行くこともままあった。

驚いて思わず取り落とした手紙をガウェインが拾う。

「何だ、これは」

「あ、あの、それは僕のです！」

何が書いてあるか分からず、焦って取りかえそうにも既にガウェインは開いてしまった。

「……何だ、これは」

思いっきり怪訝に眉を寄せられる。くるりと向けられた手紙を見て、ミルレオは納得した。ぐるぐる描き回された色取り取りの丸が一枚、やけにリアルなミルレオが一枚。

「弟妹達のお絵かきです。妹はまだ三つで。おそらくはお父様とお母様、弟と本人と僕だと思います。弟は絵がとても上手で、これはわた……ミルレオ王女です。えっと……家族ともども面識を持たせて頂いていまして」

流石に驚いたのだろう。ガウェインは軽く目を見張った。

「お前、本当に結構な家柄じゃないのか？　こんな、よりにもよって西に配属されていいのか」

東西南北の守護地は国の象徴だ。しかし、やはり重要視されるのは王宮にいる魔女達で、余程功績を立てなければ名が売れることも無い。中でも西は魔女が少ない。守護伯であるガウェインもミルレオが唯一の魔女という、他では信じられない事態だ。その唯一の魔女に、王族と付き合いのあるほど高位の家から魔女が選ばれるなど、あり得ないことだった。

お礼と一緒に散々撫でた後、飛び去ったウパを見送りながら、ミルレオはぽつりと呟く。

「魔女は役立って初めて魔女です。きっと王族も同じです。名だけの王女に何の価値があるのです。何をしても女王には遠く及ばない。王の適性は幼い王子にある。姫として望まれる愛らしさは末姫にある。王女は何もかも中途半端な役立たず。皆が言っている言は正しいんです。その上、表に出る事を厭うて外交の役割も果たさず、顔が知られていないからとこんなことに利用されて……情けないにも程があります」

あの女王の娘なのに。あの魔女の娘なのに。何故、あの人のようになれない？

誰が言ったのか思い出せないいくらい幾度も聞いてきた言葉だ。顔は覚えていないのに瞳だけは鮮明だ。嘲笑や侮辱なら耐えられた。落胆に染まった色に比べたら。

魔法は人の為にあれ。それは、魔法を使う魔女に人と共にあれと言っているのだ。かつて酷い迫害を受け、生すら許されず人の世界から弾き出された魔女と共に、自らの意志で人の国から外れた人間達の為に。国も生活も家族も友も捨て、魔女と生きようと人の世から外れてくれた人間達を、世界から守れと、かつての魔女は掟を定めた。

七百年途切れぬそれはきっと、祈りであり、願いだった。

それなのに、ミルレオは半端物だ。王族であれ、魔女であれ、何にもなれない不要品。王族として国民の導にもなれず、魔女として人の光にもなれぬ役立たずのガラクタ。皆の失望は当たり前なのだ。何にもなれない塵芥のくせに、王族として、魔女として生まれた、不要な。

「おい、ミル！」

強く肩を掴まれて、はっと意識が戻る。怪訝そうな瞳に自分が紡いだ言葉を思い出した。

「あ、あの、そう！　王女が！　王女が言ってたんです！　ほら、僕、名前が似ているでしょう？　だから結構仲が良くて、あ、えと、仲良くさせて頂いていまして」

「それは分かった。さっきも言ってただろ。だが、だから、お前はどうした」

「僕、ですか？」

「気づいてないのか」

使い込まれてささくれ立った長い指が不意に目元へ触れた。思いもよらないほど優しい動きに避ける行為が思い浮かばない。

「泣いてる」

反射的に顔に触れると、幾筋も伝った跡があった。自覚した途端込み上げる胸の痛みを持て余す。羞恥より焦りより、何より痛みが勝った己が不思議だった。

「ちが、違います！　何でこんな、泣くなんて、そんな」

「分かった。分かったから落ち着け」

左手で口元を覆って距離を取ったのに、ガウェインはその分も歩を進めてしまう。制止を籠めて出した右手は彼の胸に触れた。鎧を着用していないのに硬い、ぱんっと張った身体は男の人のものだ。薄い生地から直接伝わる体温に急に恥ずかしくなる。ジョン達にもみくちゃにされて悲鳴を上げるのは慣れてきたのに、どうしてこんなに恥ずかしいのだろう。

「十六にもなって男が泣くのは恥ずかしいぞ」

「も、申し訳ありません。頭を冷やして参りま、っ⁉」

伸びてきた長い腕を視線だけで追ったら動きが遅れた。そのまま頭を抱え込まれて硬い胸に押しつけられる。

「だから、早く泣きやめ」

言い方はそっけないのに髪を梳く手つきは柔らかい。耐え切れなくてもだもだ動いてもびくともしないので、諦めて少しだけ体重を預ける。

人前で泣くなんていつ以来だろう。ミルレオは込み上げる嗚咽を抑えつけた。ここは王宮ではないから気が緩んでいるのだ。母を知っている人もいない。だからだ。比べられないのは。ミルを見てくれる瞳は、ミルレオを見るものではない。ミルがミルレオなら、きっと、こんな風には見てくれない。そしてミルレオは、母がいない世界など、望んではいないのだ。

優しい母が好きだ。尊敬している。だから辛い。

誇らしい母、あの人の娘で嬉しい。だから悲しい。

役に立ちたかった。さすがあの人の娘だと言ってもらえる自分で在りたかった。そうなれないなら、せめて、失望に彩られていく人々の視線に傷つかない強さが欲しかった。


「こんな、情けないっ……泣くなんて、本当に、違うんです、ごめんなさい、きっとお役に立ちます、だから、ごめんなさい、お母様じゃなくてごめんなさい、お母様のようになれなくてごめんなさい、ごめんなさい」

ガウェインの腕の中で、必死なのにどこか譫言のように悲痛な謝罪を紡ぎながら、懸命に涙を止めようと堪える肩は細い。本当に男かと疑ってしまう。少し力を入れたら折れそうな首、指が回ってしまう肘、白くきめ細かい肌に指通りのよい美しい銀青。軽く叩けばぽきっと折れそうな背中で、少年は当然のように捨て駒を受け入れた。意外と強い瞳が崩れるのは、いつも母親が出てきたときだ。

彼が謝る意味は何となく察しはついた。ガウェインにも覚えのある呪縛だ。

「……あの方がいなければ、同じだったかもな」

頭上から降ってきた言葉に顔を上げようとしたミルレオは、酷い状態になっている状況を思

い出したのか慌てて下げる。小動物のような動きに苦笑して、丸い頭に掌を軽く落とす。

「もう寝ろ。明日は慣れない事をしてもらうんだ。目も冷やしておけよ？」

小さく頷いた身体は、ガウェインのほうが心細くなるほど華奢だった。


ザルークが招待状を持って帰ってきたのは早朝だった。

『ミルレオ王女』が滞在するのは守護伯の城ではない。スケーリトンの隣、コルコ地方の領主の屋敷だ。王女が逗留するにもかかわらず、西方を治める守護伯の城が理由もなく選ばれていないのは侮辱でしかない。

強行軍させたザルークを労い、形ばかりの招待状を開いたガウェインは皮肉気に笑った。

「女性同伴か。この城に連れて行けそうな女がいないのを見越してくるからな」

些細な嫌がらせから巨大な嫌がらせまで慣れたもので、ガウェインは招待状を放り捨てるようにトーマスへ渡した。丁寧に仕舞いこんだトーマスは、不安げに眉を下げた。

「本当に大丈夫だろうか。魔法で何とかしたほうがいいんじゃ……」

「相手がインプを使っていたなら、魔女がいる可能性が高い。魔法探知を使われたら厄介だ」

ミルレオの呪いは、かけた相手が相手だから大丈夫だろうとは本人談だ。簡単に見破られるような呪いなら既に解いてますと言った本人は、百人中百人が憐れに思う遠い目をしていた。

「本当に大丈夫っすか？　あいつ、あいつらが寄越した刺客とかじゃないんですかね。あっちがこっちを嵌めようとしてるとか」

　あっちだのこっちだの慣れない人間が聞いたら混乱しそうな喋り方は、ザルークの癖だ。日常生活ではかなり支障を来しており、お前分かり辛いと喧嘩になっているところをよく見かける。

「ミルはいい子だよ」

　さらりと言い切ったトーマスに、ザルークは続けようとした抗議を飲み込んだ。

「任命の書状は本物だったし、ジョン達も、トーマスさえ気に入ってるんだ。半人前というわりに魔法も淀みなく使える。ぶつかって揉め事を起こす性格でもないようだから、今の段階では願ってもない人事といえるな。高位の貴族なのも間違いない。下級貴族の子息が気軽に会えない人間の情報にも詳しかった」

　ガウェインが統治する西方守護地も、他の守護地と同様一枚岩ではない。出自が出自なだけに脆いと見てもいいくらいだ。中央へ賄賂を送っていた貴族は一掃し、没収した財力で財源を確保したこともあるので恨まれている自覚もある。足を掬おうと手の者を送り込んできた可能性も否定は出来ない。むしろその線が濃厚だと思っていたら、現れたのは棒っきれのように細い少年だった。

　身を持ち崩す理由は排除する。当たり前の話だ。その為に不審な事柄があれば探る。それも当たり前だ。しかし何故かミルレオには、疑って悪いことをしたなと思ってしまう雰囲気がある。出会ってまだ日が浅いが、何につけても一杯一杯になっているのが目に見えて分かるからだろうか。ガウェイン自身もちょっと悪かったなと思い、思った自分に苦笑してしまった。

「でも」

尚も言い募るザルークを制する。今は目の前の事を終わらせたい。まだ不満が見て取れるザルークから受け取った報告書に目を通す。『ミルレオ王女』は、外見的特徴は風聞通りだ。流石にそこは外さないのだろう。銀青の長い髪に金紫の瞳。華のように艶やかで清楚な姫君だという。ミルレオ王女の通り名は『雪幻の妖精』だ。

机に重ねた書類から一枚引き抜いて眺める。鉛筆だけで描かれた少女の絵だ。

「それは?」

首を傾げるトーマスに裏返して見せてやった。

「これは……まるで生きているようだね」

「あ、見合いっすか?　美人っすねー」

「阿呆。ミルの弟が描いたらしい。畏れ多くもミルレオ王女であらせられるぞ」

絵の技術と絵のモデル、それぞれに見入っていた二人が弾かれたように顔を上げた。

「ザルーク、王女は見たか?」

「ちらっとなら。似てるけど……遠かったからなぁ」

「そうか」

白黒の王女は柔らかく微笑んでいる。慈愛に満ちた微笑を丁寧に捉えたミルの弟は、日頃からこの笑顔を向けられているのだろうか。ふと同じ色彩をしたミルを思い出す。ちまっとした身体に丸い頭。つい構いたくなるのは小動物を思い出すからか、それとも色に引かれてか。

「大きく、なられた」

ぽつんと呟いた言葉は、幸い食い入るように絵を見つめる二人に聞き取られはしなかった。


長い銀青が幻想的に翻る。柔らかく揺れる金紫に感嘆の声が漏れた。

コルコ地方の領主、アルゴ・バリルージャは見惚れていた自身にはっとなり、慌てて使用人を掻き分けて馬車に駆け寄った。従者の手を借りて優雅に降りてきたのは美しい少女だった。ふんだんに使われたレースや宝石が下品にならないのは、彼女自身がその何倍も美しいからだろう。

「遠い所をようこそお越しくださいました。姫様、ご拝謁叶って光栄でございます」

「突然の滞在を快く承諾くださって、本当に嬉しく思っています。バリルージャ卿、貴方に感謝を」

華が綻ぶように微笑まれて、アルゴは息を呑んだ。女王レオリカは妖艶な美女だ。その娘であるミルレオは清廉な魅力があると聞く。しかし、これは既に魅力ではなく色気だ。

「姫様は本当にお優しい。けれど、次はわたしを通してからお話しになってくださいね」

穏やかな声でさり気なく間に割って入ったのは、二十代前半の若い男だ。少し耳に障る、金物のような声をしている。

王女を護衛している中でも一際若く、侍従の用事もこなしていると聞くからに、年頃の王女のお気に入りなのだろう。言われてみれば綺麗な顔立ちをしている。通常、幾人もの間を介して遣り取りされる会話も、旅先では多少の簡略が許される。それでも直接言葉を交わせるのは身分が付随していなければならない。

「いや、これは失礼を致しました。姫君と御言葉を交わせると年甲斐もなくはしゃいでしまいました。さて、立ち話もなんです。どうぞ、中へ」

「ありがとうございます」

ふんわりと微笑む様は正に華だ。扇子で口元を覆った王女は、ふと声を落とした。

「本当に嬉しいですわ。皆は守護伯の城へと申したのですが、わたくし怖くって。あの方、色々お噂がございますでしょう?」

歳若い居丈高な青年を思い出し、アルゴも眉を寄せた。

彼の祖父は偉大な男だったが息子はどうしようもない盆暗で、その上正妻との間に子が出来ぬからと、街の娘に手を出した。五つまで下町で育ったようなガキに、西方守護地を乗っ取られた屈辱で、今でも腸が煮えくり返る夜がある。

幾度かの戦から生還して、少しずつ見方を変える領主が出てきた事もまた腹立たしい。アルゴの息子までもが取り込まれた事実は、憤懣やるかたない。歴史ある守護地を統括する者は、由緒正しき血筋の者でなくては。ただでさえ、ウェルズ家は豪族が功績を認められて守護伯になっただけだ。本来ならばバリルージャ家のように、王家に連なる家柄が治めなければならない。他の守護地は全てそうだというのに、何故我が西方だけがあんな成り上がりに。

「ええ、ええ、そうですとも。奴は礼儀も知らぬ乱暴者です。姫君のご尊顔を拝むなど到底叶わぬ身分です。今宵の宴も、しきたり上外すわけには参りませんが、奴の手の内に手頃な女はおりませんので、どうぞご安心くださいませ。メイドや下町の娘など連れてこようものなら叩きだしてくれましょうぞ」

「まあ、頼もしいですわ。本当にバリルージャ様のお屋敷に逗留させて頂けるなんて嬉しい。ありがとうございます」

扇子の上からでも分かる喜びを見せられて、アルゴは胸を張った。ここは由緒正しきバリルージャの屋敷。身分卑しき者は一歩たりとも踏み込ませるつもりは毛頭なかった。

　ミルレオは現在、ぽくぽくと長閑に進む馬車の中、すまし顔で到着を待つ、のに慣れている身にとって、中々新鮮な旅路を経験している真っ最中だ。

「け、結構、揺れ、揺れま、揺れま…………」

「……噛んだか」

　涙目で口元を押さえているミルレオは、激しい揺れの中、必死に手摺を掴んでいた。

「すまんな。時間が時間だから、飛ばさんと間に合わん。安心しろ。軍馬だ」

「そ、そうですか。よかった、です？」

　何の安心にもならない言葉を素直に聞いてから疑問に思い、傾げた首を慌てて戻す。頭には付け毛と装飾品が盛られている。地毛ならともかく、土台が付け毛の今はあまり傾けない方が賢明だろう。この揺れなら尚更だ。

　隊服を脱いで貴族服を着込んだガウェインと同様に、ミルレオも令嬢のように着飾っていた。女から男へと呪いをかけられ、女に変装する、何ともややこしい事態に陥っている。

　幾重にもレースが重なった薄桃色のドレス、髪に合わせた青真珠の首飾り。白い首筋と鎖骨は、それだけで女性らしさが出ていたので隠すより表に出したほうが得策だとサラは思ったらしい。華やかなだけではミルレオには似合わない。詰め物を施した胸元は大きく開いているものの淡いレースで覆われ、視線を足元に向けようと襞やフリルが多い。コルセットをぎりぃと締め上げる際、あまりの細さにサラの歯がぎりぃと絞られた。

　ガウェインの隊服以外の姿を初めて見る。ミルレオはドレスのほうが着慣れた服装だから自分の服装には違和感を受けなかったが、ガウェインが隊服でないと何だか変な気分だ。

「あの、変じゃありませんか？」

　白い手袋の中で所在無げに揺れる扇子を無意識に開いて口元を覆う。覆ってからはっとなる。困ったときはとりあえず顔を隠しておけとは教育係の助言だが、令嬢ならともかく令息がする行動ではなかった。

　困った顔を別の意味に捉えたのか、ガウェインは逆に申し訳なさそうな顔をした。

「いや、完璧だとサラが憤慨していた。女の自分達より肌と髪と爪が綺麗なのはどういうことだ、となった。しかも香りも良いそうだが？」

「あ、入浴剤は自分で作った物を使っているんです。薬草と花を組み合わせて調合すると色々薬効もありますし」

　魔女は薬草の知識にも明るく、山村では医者の役割も果たしている。西方に来る時に持ってきた巨大なトランクの中には、多数の薬草と薬が入っている。これはミルレオに限らず、魔女であれば当然の装備だった。

「へえ、じゃあ今度何か作ってくれ。最近疲れが溜まってる気がしてな」

「あ、ちょっと待ってください」

「は？」

言うなり突然スカートの襞の重なりを開いたミルレオは、中からいくつかの薬草を取り出した。確かに生地が幾重にも重なってふんわりとしたドレスだ。しかしそれは華やかさを出すためであって、収納の実用性を求めたわけでは決してない。ドレス職人が見たら泣くだろう。

「アオバソウ、月葉の根、ウズマリの蜜、尾長草、宵の花」

ミルレオは歌うように紡ぎ、一つずつ浮かべていく。一つ一つが違う色で淡く光り、その光でミルレオの髪が照らされた。ふわふわと浮かんだ薬草を楽しげに回し、一瞬で光を混ぜ合わせる。掌で掬うように絡め取り、筒のように丸めた片手に流し込む。掌に落ちていった光が消えた時、開かれた手の中には美しい飾り細工の小瓶が一つあった。

「どうぞ、栄養剤です。肩こりとだるさ、眼精疲労にもよく効きます」

ちょこんと差し出された小瓶を、ガウェインは反射的に受け取った。淡く光る青色の液体を呆然と眺めていると、さっきまで歌うように作っていたミルレオがこの世の終わりみたいな顔になった。

「どうした？」

ミルレオの変貌に、ガウェインはびっくりして視線を戻す。

「あ、あの、すみません。ご冗談でしたか？　僕が真に受けて本当に作ってしまったからお困りになったのではありませんか？　ごめんなさい、あの、持って帰ります……」

どうやら妙な勘違いをしているようだ。ガウェインは苦笑して薬を飲み干した。薬独特の苦味や臭みがなく、まるでジュースのように飲みやすい。

「うまいな」

「本当ですか⁉」

ぱっと顔が綻ぶ。せっかく大人っぽく見えるように施された化粧が台無しだ。一気に年齢が三歳ほど下がった。だが、悪くないなとガウェインは苦笑する。

「良かったぁ。弟妹達は苦い薬が飲めませんから、それを踏まえて作るんです。けど、甘すぎると、大人の方には子ども扱いしているのかと怒られてしまう事もありますから、丁度良い加減が難しくて」

本当に嬉しいのだろう。ミルレオにしては言葉遣いが随分親しげだ。くるくる回る表情を面白がって眺めていたら、気づいた途端慌てて姿勢を正してしまった。背筋を伸ばしてもちまっとしているのは変わらないが。

「すみませんでした……つい、はしゃぎました。自重します……」

「どうしてお前はそんなに消え入るんだ⁉」

ミルレオは、はっとなった。

「そ、そうですよね」

「そうだ」

「目の前で消えられたら寝覚めが悪いですよね！　馬車から降りて消えてきます……」

「何でだ⁉」

怒鳴り声に、再び目が覚めたようにはっとなる。ガウェインは嫌な予感がした。

「そうだ、ここにヘラの涙が！」

「トーマス！　とぉまぁ――すっ！」

少量使えば後遺症のない麻酔薬、しかし量を誤れば一撃必殺の毒を持ち出されたガウェインは、御者台に座る和み要員を慌てて動員した。


突如現れた王女へ拝謁願おうと、周辺から駆けつけた馬車が整列する中、一際目立っているのはやはり守護伯の馬車だった。紋様が入っているから外からでも分かりやすい上に、一台だけ軍馬を繋いでいれば尚更だ。

副官であるトーマスを鼻で笑って無視したアルゴは、屋敷の代表としてふんぞり返った。

「これはこれは、伯爵閣下。何用ですかな」

戦に出ない名家の当主は、もたつく腹回りを重そうに揺らした。対するガウェインは指揮を執り剣を振るう。硬い身体に若者らしくすらりと長い身体で尊大に見下ろした。少しでも下手に出れば後々響く。どこまでも不遜で居丈高、尊大な青二才でいなければ、あっという間に守護伯の権利はウェルズ家の下から剝ぎ取られていただろう。

「姫様から招待状を賜ったので馳せ参じた。貴殿に用はない」

「いやはや、姫様は貴殿の噂に大層不快感を募らせておいででしてな。一応の作法で招待状を出したに過ぎませんぞ。それを真に受けて、同伴者もいない閣下がよくぞ恥を曝しにおい、で、に……」

　尊大に言い募っていたアルゴの言葉が尻すぼみになっていく。馬車からまだ一人降りてきたからだ。ガウェインが騎士の如く手を取った少女は、アルゴの姿を見てにこりと微笑んだ。全体的に小柄な印象の、銀青の髪に金紫の瞳。少女は、今日到着した王女と奇しくも同じ場所で、大層優雅な一礼をしてみせた。

「本日はお招き頂きまして嬉しゅうございます。御目文字叶って光栄ですわ、卿」

　名家の出を誇りとしているアルゴはすぐに気が付いた。所作が違うのだ。下町娘などとんでもない。貴族の令嬢は、突如発生するものではない。教育と環境によって整えられていくのだ。ドレスの着こなしでさえ、一朝一夕で習得できるものではない。指先から視線の在り方、手足の角度まで、これはきちりとした教育を受けた令嬢だ。下手をすると、王女より余程『御令嬢』に見えてしまい、アルゴは慌てて頭に浮かんだ思考を掻き消した。

「こ、これは失礼を致しました。ご婦人がいらっしゃる事に気づかなんだとは、このアルゴ、一生の不覚ですな」

「まあ、こちらの夜会は女性同伴と伺っているのだけれど。ですからガウェイン様がわたくしを連れてきてくださったのでは？　いつもは、わたくしがどれだけねだっても断られてしまうのだもの」

扇子で覆った口元は窺えなかったけれど、視線だけでガウェインを見遣る仕草一つとっても優雅だ。少し拗ねた口調に、ガウェインは苦笑してその手を取った。

「貴女の美しさで他の男を虜にされては困りますからね。貴女は俺の大切な方ですから。貴女の虜は俺一人で充分でしょう？」

「まあ……ガウェイン様ったら」

恥ずかしそうに俯いてしまった様子は花さえ恥じらう乙女そのものだ。トーマスは一つ咳払いして、呆然と立ち尽くすアルゴを促した。

「お通し頂いても？」

「あ、ああ、そうです、な。こんな所ではご、ご婦人に、失礼、です、な」

しどろもどろになったアルゴに、ミルレオは再び優雅な笑みを浮かべた。

守護伯の城に比べても見劣りしない広さの屋敷は、眩い光と人混みで異様な熱気に包まれていた。色んな意味で目立つガウェインが会場に現れても気づく人間が少なかったのが証拠だ。皆、特別ステージに用意された席で優雅に微笑む『ミルレオ王女』に夢中だ。銀青の髪に映える染め抜かれた青のドレスは、胸元を大きく開いた意匠だ。上半身がすっきりした意匠であることで少女の華奢さが映え、下半身を幾重にも重ねたレースとフリルが艶やかさを演出する。奇しくもミルレオと似通ったドレスだ。

王女は一人一人に丁寧に対応し、緊張で粗相した女官を優しく労いさえした。人々は感動と憧れの視線で王女に夢中になっている。

『ミルレオ王女』の評判がうなぎ登りしていく様を遠目に見ながら、ミルレオはエスコートしてくれている腕の先を見上げた。

「あの……あんな感じで宜しかったでしょうか？」

「上出来だ。所作に関しては練習の時間も取れないしで諦めていたが、出来るじゃないか。あれほど完璧な娘、そうはいないぞ」

「一応一通りの楽器とダンスも出来ます……事情はお聞きにならないでください……」

細まっていく声を勘違いしたガウェインは、慌てて軌道修正を試みた。

「まあ、なんだ。あんまり落ち込むなよ？　お前はまあ、その、なんだ。男らしいと思うぞ、うん」

目を逸らして言っても説得力はない。喜ぶべきか悲しむべきか複雑な気分だったが、励まそうとしてくれる心意気が嬉しかったので素直に喜ぶことにした。

　ガウェインはたくさんの人間に囲まれてにこやかにしている『王女』をじっと見つめている。ややあって首を振った。

「……俺には判断できんな。何せ御会いしたのは十一年も前の話だ」

「え⁉　わた……うぅぅん！　王女に会ったことがあるんですか⁉」

　あまり縁が無かった咳払いは、非常に下手な出来栄えとなった。今度練習しよう。背の高い顔を見上げると首が痛くなりそうだ。王宮ではみんな屈んでくれたものだ。跪かれた方が多かった。見上げる経験はあまりないのでその為の筋肉が足りないのだろうか。今度鍛錬しよう。

　動揺のあまり、思考は流れるように自らの不備へと移行した。慣れた方向へ流れるものなのだ。

「一応守護伯の跡取りとして家入りしたからな。王に報告する義務があったんだ。そこで御会いした」

　いつもは鋭い目が少し和んだ。そんな目も出来たんだと驚いたと同時に、させているのが思い出の自分だと気づいて狼狽える。どうしたらいいのだろう。きっとどうも出来ないけれど。

「あ、あの、どう、でした？」

「何がだ？」

「その、わ……王女、様」

「大変お可愛らしかった」

「ぶっ……！」

「おい！　大丈夫か⁉」

盛大に咽せこんだ。まさか果実酒で死にかけるとは。

流石に目立ったのでさり気なくカーテンの裏に誘導された。

落ち着くまで待ってくれている人を改めて見上げる。黙っていれば凛々しい若貴族なのに、口を開けばわりと怖い。けれど、評判はともかく実際の彼は真面目で人柄もいい、と思う。優しいし、理不尽な事はさせないし、権力を笠にきて暴挙も行わない。不正は糺し、悪を挫く。但し、弱きも挫く時があったりするらしいけれど、真偽のほどは定かではない。

ガウェインをよく思わない人から小耳に入れられる情報は、信じないようにしている。中には、会ったことも話したこともないけどと言い置いてから放たれる誹謗中傷もあったからだ。要塞城を訪れた来客は、ガウェインやトーマス、または立場ある軍人がいる際は、大抵愛想よくしているものだ。しかし、彼らの目が離れれば、態度が様変わりする者もいた。そんな者は珍しくもない。ミルレオ自身、母の目が外れた瞬間、あからさまに横暴になった人間を多く見てきた。そんな面々が連れた従者の態度も、予想がつくというものだ。まだ公の場で守護伯付き魔女として発表されていないミルレオを、ガウェイン付きの小間使いとでも思っているらしい。聞いてもいないことを、ぺらぺらと話してくるのだ。ミルという少年が、小さく、細く、弱そうなのも理由の一つだろう。隊服を着て、要塞城の兵士寮に部屋を持つ相手が誰の下にいるか考えなくても分かるだろうに、ミルレオの上司をぺらぺら貶す。ガウェインに直接会う立場にない人間ほど、それが顕著だ。

会ったことも話したこともない人を、よくもまあそんなに悪しざまに罵れるものだとびっくりした。よくは知らないけど、は、何を言ってもいい正当で万能な言い訳ではないのに。その言葉を言っておけば、よく知らない相手に対してどんな酷い憶測を立てて罵っても構わないと思っている人間は、驚くほど多いのだ。

だからミルレオは、自分で見たもので判断しようと決めている。奥に下がったまま出てこない、役立たずで、こんなことに名前を使われるような情けない自分だけれど、曲がりなりにも王女なのだ。王女が流言を鵜呑みにして判断するのは、とても危険なことだ。流言を流される立場である身としては、尚のこと。

そういったことも踏まえ、今までまじまじと見つめてきた上司の分析と、記憶の中を掘り出した結果、……どうしよう、全然覚えていないという結論に至った。

十一年前といえばミルレオは五歳。期待されてはいたが、まだそんなに重圧のなかった頃だ。お母様のような魔女になりたいと言っては周りを喜ばせていた。実際心からそう思っていた。いつかお母様のようになるのだと、なれるのだと無邪気に思っていた。現実は、お母様のようにならなければならないのになれなかった、役立たずが一人いただけだ。

はっとなって息を呑む。駄目だ。役に立たなければ。この緑が『あの色』に染まる前に。この優しい人に、役立たずの烙印を押させてしまっては駄目だ。烙印は押された方も押す方も傷つく。その人が責任感ある心優しい人なら尚更だ。

「隊長、いざ出陣です！」

「……お前は、本気でよく分からんな」

「す、すみません……バルコニーから消えます」

「よし、出陣だっ！」

人垣で目的の人物は見えない。しかし、ガウェインが歩けば人が割れ、一直線に道が出来た。いつもなら嘲笑と嫌悪が滲み出た視線が、今日に限って驚愕と興味に染まっている。居丈高な成り上がり伯に手を取られて歩く、まるで深窓の令嬢のような娘がいたからだ。娘は眼が合えば穏やかに微笑む。気負いのない姿は、全幅の信頼をガウェインに預けているからだろうか。

『ミルレオ王女』は相手の姿を見遣ると、脅えたように扇子を広げた。縋るように護衛の男の裾を掴む。ガウェインは堂々と前に立ち、一礼した。お決まりの口上から始まろうとした拝謁を鈴のような声が遮る。

「ミルレオ様、お久しゅうございますわ！」

無礼を咎めようとした護衛は動きを止めた。ドレスの裾をふんわり広げて駆け寄った少女はちょこんと裾を持って礼をする。

「実際に御会いするのは何年ぶりかしら！　嬉しい！」

一人はしゃいでいた少女は、王女が反応を示さないことに首を傾げた。姫と同色の髪と、同色の瞳を困惑気に揺らす。

「姫様？　どうなさいましたの？　……ああ、何年も離れておりましたもの、すぐにお分かりにならなくても仕方ありませんわね。ミレイですわ、姫様。畏れながら姫様と同色の髪と瞳で御寵愛頂きました、ミレイ・ヴァリスタにございます」

「あ、ああ、ミレイ、久しぶりね。会えて嬉しいわ」

少女はぱっと笑って王女の両手を取った。ぎょっとなった護衛が止める間もなく捲し立てる。

「お手紙のサプライズとはこの事でしたのね！　言ってくだされば宜しいのに！　そうしたら、私はミルレオ様がお好きな趣向を存分に凝らしてお待ち申し上げましたわ。嫌ですわ、姫様。いつも私を驚かせてくださるんですもの。今回は流石に飛び上がってしまいました。私の大切な方に会いにきてくださるなんて！　もう、先日頂いたお手紙では、サプライズを楽しみにとしか書いていらっしゃらないのですもの。でも、ふふ、姫様らしいですわ」

手を取ったまま立ち上がる少女に引かれ、王女も席を立った。身長差を除けば、とてもよく似た色合いの二人だ。王女の方が頭半分ほど高い。一歩間違えば不敬罪になる行動も、王女の許可があるなら親愛の証となる。王女は束の間目を見張り、ややあって穏やかに微笑んだ。

「ミルレオ様、紹介させてくださいませね。この方が私の大切な方、ガウェイン・ウェルズ様ですわ。あ、お手紙に書いた内容は内緒にしてくださいましね。約束ですわよ」

きゃっきゃっとはしゃぐミルレオの肩を抱き、ガウェインは王女の前に立った。

「西方守護伯ガウェイン・ウェルズでございます。姫様に於かれては、ミレイと大層親しくされていらっしゃるとか。これは随分わたしの悪口をしたためていた事でしょうな」

「あら、嫌ですわ。そんなことなくってよ。ね、ミルレオ様」

少女の無邪気な問いかけに、王女は微笑んだ。

「ええ、ミレイに会えて嬉しいわ。ミレイの大切な方にもね。ずっと会いたかったわ。泊っていけるのでしょう？　今晩、たくさんお話ししたいわ」

「勿論ですわ。昔みたいにご一緒しましょう。ふふ、とっても嬉しい。だって、ここなら私達を叱る婆やはいないのだもの」

「殿方はご遠慮くださいましね。わたくし、ミレイと二人っきりで過ごしたいの」

「ええ、楽しみですわ。ミルレオ王女――……」

よく似た色合いの少女が二人、よく似た微笑みを浮かべて、よく似た声音で楽しげに手を取り合った。

銀食器は家の品格を表す。バリルージャ家はさすが名門というに相応しく、銀食器は一点の曇りなく磨き上げられていた。アルゴがどれだけ家を誇りに思っているのか分かる。絨毯一つ取っても王宮に引けを取らぬ質だ。地方の一領主の屋敷とはとても思えない。しかし、貴族の誇りと人間としての尊敬度は比例しないようだ。アルゴがガウェインへ向ける態度を、表に出さないだけでミルレオは不満に思っている。

王女に挨拶をしたい人間を暗に示されて、約束だけしてステージを下りてきた二人は、個々の思惑はあれど守護伯への挨拶回りに溢れる人間を捌いた。ミルの役割はただ一つ。可憐な令嬢を演じることだ。だが、実は勝手に一つ追加している。即ち、ガウェインに対する心証並びに印象を良くしようをモットーに、ひたすら惚気て回った。お優しい方なの、仕事に真摯なところが好き、お強いところにメロメローと頑張った。おかげで、愛らしい恋人で幸せですなと、無邪気な少女に絆された人が多かった。ガウェイン自身は少し引き攣った笑みを浮かべていた気がする。男が扮した婚約者にメロメローなどと表現されても嬉しくなかったのだろう。ミルレオ自身、本を参考にしただけで実際そんな単語を実践したのは生まれて初めてである。

一通り挨拶回りを終えるとそそくさ壁際に移動した。人の視線はどこまでも追ってくる。ミルレオは扇子で口元を隠し、柔らかに瞳を細めたまま横に立つ人に話しかけた。相手も比較的穏やかに応じた。他者から見れば、穏やかな会話に興じているように見えるはずだ。

「すみません。勝手に泊ることにしてしまいました」

「元々その予定だ。姫様の御名を勝手に使わせるわけにはいかん。西方守護伯としては捨て置けんだろう。……しかし、はっきりしたな。あの偽者、お前が現れて顔を引き攣らせやがった。すぐに持ち直したところも気に食わん。よくも姫様の御名をのうのうと」

「うぅん！　えー……どうしましょう。一度くらい踊っておきましょうか。僕、女性パート踊れますけど」

女性パートしか踊れませんとは言わないでおこう。

ガウェインは何ともいえない顔をした。

「お前の方が完璧にこなしていて俺は立場がないな。物怖じしてないし、慣れている。俺は幾らやっても慣れない。何だか見世物にされてる気がしてな」

「出しゃばってすみませんでした……」

「さり気なくバルコニーを見るな！　消えなくていい！　……俺は褒めてるんだぞ。どこでその社交術を身につけた？　完璧で羨ましい限りだ」

「あの、一応王宮の宴に顔を出していましたから」

ここ数年はご無沙汰だが、叩き込まれた立ち居振る舞いはそう簡単に綻びはしなかった。むしろ、得意ではないからこそ、無意識で動けるまで身体に叩き込んだことが功を奏した。

しかしそれらをどこまで話していいものか。思案しながらぽつぽつ零している間に、曲が少し速めになった。ダンスが得意な者の見せ場だ。自信のある人々は胸を張り輪に加わっていく。

自信のある面子で構成されたダンスは、軽やかなステップが見事で、会場中の視線を集めている。ミルレオ達も視線はダンスに固定して、いるようでいて、実際はダンスを通り越してステージ上にいる『姫様』に固定されていた。

「なるほど、姫様と親交あるならそうだろうな。お元気であらせられたか？」

「あ、はい、それはもう。弟妹達と雪遊びに興じても誰一人風邪を引かないくらい元気です。大臣達には怒られました。おか……女王陛下にも、どうして私も交ぜてくれないのと怒られてしまって……大臣達は命を懸けて阻止するつもりらしいのですけど、どうやって誘いに行けばいいと思います？」

「………………………」

ガウェインは不思議な表情で沈黙を守った。

空いたグラスは給仕に渡してぼんやりと宴を眺める。急な開催とあって時間通りに出席できた者は少ない。後続で現れる出席者の方が多かった。その人々は、王女への挨拶の後、守護伯へと移ってくる。あからさまな蔑みから敬意まで、多種多様な挨拶を、ガウェインはほとんど変わらない態度で応じていた。ミルレオは、傍らで何も分かりませんといった風に微笑んだ。お飾りの令嬢らしく。愛されるだけの綺麗な人形に、人々は難しい話などしてこない。

「前回の戦は見事な手腕でございましたなぁ！　まるでハルバート将軍のようで素晴らし

い！」

　必要以上に大きな声の男は、身振り手振りも大きい。そんな男の口から飛び出る大きな名前は、先程からよく聞く名前だ。ハルバートはガウェインの祖父で、西方の英雄だ。たった一人で殿を務めた、素手で敵の鎧を砕いた、牢屋の格子を笑顔で圧し折ったと逸話に事欠かない。領主達はガウェインを褒める時も貶す時も彼の名前を使った。ハルバート将軍の孫でありながら、さすがハルバート将軍の孫、あの人のように強い、あの人のように、あの人のように。

　そこにガウェインの名はなかった。

　嫌と言うほど囲まれてきた空気を、よもや西方の地で吸うとは思わなかった。首筋に走る不快感とも痛みともしれぬ感覚を、無意識に貼り付けた笑顔のまま呆然と享受する。嫌と言うほど吸ってきた言葉と視線だ。しかし、自身以外に向けられているのは初めてだった。どうしてこの人がその眼で。どうしてこの人にその言葉を。どうしてこの人を、その空気で囲うのだ。

　胸が苦しい。嫌な汗が滲み出す。呼吸よりも先に視線が荒くなる。失神する前兆のようにちかちかと点滅する視界を無意識に上げた。

　視界には、酷く静かな顔をしたガウェインだけが映った。

　バンッ！　と重たい扉が蹴り壊される勢いで開いた。飛び込んできたのは赤髪の青年だ。髪も服も乱れが目立つ。ガウェインが眉を寄せた。

「アルゴの息子だ。親父と違って話が分かるし使える男だが……何を焦ってる？」

アルゴは重たい身体を揺らして息子に駆け寄る。視察に行っていたところを急遽呼び戻したのだ。

「ヴァナージュ、もう帰ったか！　間に合ってよかった。さあ、ミルレオ王女にご挨拶を」

王族を目の当たりに出来てはしゃぐ父親を無視し、ヴァナージュはきょろきょろと会場を見回し、目的物を見つけて走り寄った。父親から走り去って向かった先であるガウェインも自ら足を進めて距離を縮める。ヴァナージュは三歩離れた場所で機敏に膝をついた。

「閣下！　ロートにゴブリンとオーガが現れました！」

悲鳴が沸きあがった。ロートはここから南方にある村だ。しかし、悲鳴の理由はこの場から近い場所に魔物が現れたからではない。人を喰らい、殺し、暴れ回る魔物は恐怖の対象だ。それは確かだ。だが人々の恐れは『現れるはずのない魔物』が現れたことに他ならない。インプなど被害が悪戯程度で済む類いはともかく、狼や熊すら食い殺す危険度の高い魔物は、見つかり次第駆除している。そう簡単に、山から浅い場所に現れるはずがない。ましてここは、山から離れているのだ。

「規模は！」

「オーガが四体、ゴブリンは徒党を組んでおります故正確には把握できておりませんが、恐らく二十体は。尖兵です」

舌打ちを隠せなかった。オーガは巨大な体軀で凶暴な魔物だ。近づけば一撃で骨ごと引き千切られる。幸い知能は低く、ゴブリンに比べれば動きも遅い。ゴブリンは魔物の中でも知能が高く、武器や防具を装備し、指揮系統も存在している。体躯は成人男性よりも大きいが、オーガと並ぶとゴブリンが子どもに見える。尖兵は通常のゴブリンより戦闘能力が高い。

「被害は」

「幸い発見が早く村人の避難が間に合いました。しかし、手持ちの護衛では進軍を阻めず、遠巻きに警戒させるに止まっております」

「当然だ。その人数では絶対に近づくな。すぐに軍を出す。絶対に近づくな」

「はっ！」

踵を返したガウェインの後ろで誰かがぽつりと零した。王女様なら、と。他の人間も次々に思い至り、ステージに縋る視線を向ける。

「レオリカ女王の姫だもの！　絶対に守ってくださるわ！」

「そうだ！　あの御方の姫だ！　ウイザリテの守護神レオリカ様の姫なら！」

狂乱の視線が一点に集中したステージ上で、ミルレオ王女は扇子を取り落とした。がたがたと震え、横に立つ騎士に縋る。

「こ、怖いわ、イル。お願い、わたくしを守って！」

外聞も構わず泣き喚く王女を支え、騎士は膝をついた。

「大丈夫です、ミルレオ王女。王族は誰より優先されるべき御方。御身は誰を犠牲にしても守ってみせます。貴女さえ無事なら勝利ですよ」

　つまり、王女の一団はこの戦闘に関わるつもりはないということだ。女王レオリカへの忠誠が今のウイザリテの強固な体制を維持している。誰もが無条件に信頼するのがレオリカだ。その娘である魔女も、当然国の為に身を張るものだと、誰もが思っていた。当たり前だ。魔女なのだから。王族なのだから。他の国でどうかは知らない。だが、ウイザリテにおいて、魔女と王族は民を守る為にある。だってここは、ウイザリテなのだ。

「貴女は、魔女ではないのですか……？」

　どこかの婦人が震える声で問うた。大陸で迫害され続けた魔女も、ウイザリテでは救いの象徴だ。王女は泣きじゃくりながら騎士の腕の中に隠れた。

「無礼者！　王女であられるミルレオ様に、貴様らの犠牲になれと言うのか！」

　王女の騎士数名が婦人を取り囲んだ。夫が慌てて近づこうにも遮られる。

「王家に仇為す者は捨て置けぬ」

　すらりと抜かれた剣を、婦人は現実と判断できていない。刃の上を光が滑り降りる様を呆然と見上げている。ひっと息を呑んだのは周囲の人間だった。

「その方は仇など為しておりません。為しているのは騎士殿、貴方でしょう。王家の権威を地に落としておられますが、お気づきではないのですか？」

　静かな声は意外なほどよく通った。小柄な少女がまっすぐに立つ。背に何か入っているのかと疑うほどまっすぐしなやかに歩み寄った少女は、呆然としている婦人の手を取った。

ミルレオは働かない思考を自覚していた。騎士の言葉は確かにウィザリテの言葉なのに、何を言っているのかさっぱり理解できない。まるで異国の言葉だ。王家は国の象徴だと自覚している。けれどそれは国を守っているからだ。自分が守られる為に王家が存在しているのではない。国を守る為に、王家があるのだ。湧いたのは怒りですらなかった。不思議な不思議な『異国の言葉』を、『ミルレオ王女』が許容してはならぬ。叩き込まれたのは個人としての感情ではない。あるのは『王族』の矜持。ミルレオ自身は掃いて捨てるような身の上でも、姫として、決して許してはならない一線があった。その線を、この『王女と騎士』は越えたのだ。

「私は魔女です。魔女は人の為に在ります」

震える婦人を夫へと預け、さっと裾を払って向き直る。いつもより低めの声音が出せる。これは少年の特権だ。少女のままでは難しい。低い声は、怒りをすんなりと通してくれた。

「有事の際、矢面に立つは王族の責務。民に手を上げるなど愚の骨頂！　恥を知れ！」

愛らしい外見を裏切って、声は炎を震わす威力があった。呆気に取られた騎士達を視線だけで止め、ミルレオは急に表情を笑顔へと変えた。ふつふつと沸く怒りは、やがて沸点を超える。

「どうなさいました、姫様。貴女は魔女でしょう？　魔女は人の為にあれ、人の傍にあれ。女王陛下からあれほど学んだ掟ではありませんか。どうなさいました、姫様……仮令役立たずであろうとも、王家に名を連ねる者、犠牲を厭わぬ覚悟は当然でしょう。それが自身であるのなら、躊躇う理由がどこにある！」

爆発した怒りは髪飾りを吹き飛ばした。長くしなやかな銀青の頭頂部から光が通り、毛先で弾ける。役立たず。女王には遠く及ばぬ紛い物でも、この身は国を背負う王に属する。名一つ譲り渡せるはずも無い。今更落ちる評判はない。それでもこれを見逃せば、侮辱されるは王家の威信。名を騙られた侮辱より、この程度の心構えでいるのだろうと思われた事実が許せない。我が身など幾らでも貶せ。しかし、『国』を侮辱されたならば、黙る謂れもない。

「その程度の矜持で王家の名を騙ったか。王家の威信がその程度だとし、その名を使ったか。魔女でありながら守るは己のみとは。ウイザリテにおいて、これ以上の侮辱はないぞ！」

不自然な風に煽られた銀青に目を奪われていた騎士は、はっと剣を構え直す。

「痴れ者が！」

振り上げられた剣を睨みつけたミルレオが魔法を使う前に、別の剣が弾いた。

「痴れ者は貴様だ。俺の統括区で勝手な真似はさせんぞ」

静まり返った会場によく通る声が響いた。背後に小柄な少年を連れている。少年は酷く疲れているのか、荒い息を吐いて座り込んでしまった。

「……これは守護伯、王家への侮辱を聞き流せと仰いますか？」

「本物ならそれも考えよう。くそ、兵が減るのは痛いんだがな」

腕を上げるだけの合図で、会場内に兵士が雪崩れ込んできた。

　ザルークから届いた書状がイルの前に突きつけられた。女王の印が押された書状に、騎士の頬がひくりと動いた。

「王女は現在も王都におられるそうだ。ならばここにいる『ミルレオ王女』はどこのどいつだ」

　兵がじりじり輪を縮める。ガウェインは時間も惜しいと背を向けた。

「ロートに向かう。そいつらは俺の城に拘留しておけ。姫様の名を穢した愚か者共だ。丁重に締め上げてやる。ヴァナージュ、来い！」

「はっ！」

　駆け込んできたトーマスから受け取った外套を羽織り、ガウェインは足早に会場を出た。馬車に繋いでいた軍馬を切り離して飛び乗る。偽王女の捕縛要員しか連れてきていないのが痛い。ヴァナージュが手配した兵の数と合わせても、押さえ込めるかぎりぎりだ。

「その数がどこから現れたんだ、腹立たしいな」

「誠に……閣下、その生物は？」

「あ？」

　兵士の準備を待っている間に、馬の足元で小さな生き物がちょろちょろしていた。馬に乗りたいのだろうが軍馬を操れる体格ではないし、空いた馬もいない。忘れていたと反省して片手で馬上まで引き摺り上げた。

「ぴっ！」

「行くぞ！」

「ま、隊長！　わた、僕、まだちゃんと乗ってな、待ってぇ――！」

仕留められた獲物の如く横倒しのまま走りだされて、ミルレオは懐かしい過去を振り返った。人はそれを走馬灯と呼ぶ。

松明よりも確かで穏やかな光の中を、一軍が疾走している。夜も更けた今時分にどうしたのだと酔いどれの男達が赤ら顔で見つめても、一瞥もせずに駆け抜けていく。軍服の中に翻った銀青とドレスに目を見張る暇もなく、まるで一陣の風のように光を纏って走り去った。

魔女として周囲を照らすミルレオは、馬上で髪を纏めるのに苦労していた。吹き飛ばしてしまった髪留めは今更回収できない。胸元を飾っていたリボンを口にくわえて、バランスを取りながら髪を結ぼうと試みるも、疾走中の馬上でうまくいくはずもない。がくんと揺れて再び掌から髪が逃亡した。もたもたしていると、不憫に思ったガウェインの手が伸びてきた。

「いっ……！」

引かれて思わず悲鳴を上げる。痛がられるとは思っていなかったのだろう。ガウェインは驚いて手を離した。

「鬘じゃないのか？」

「……その、さっき怒って力が暴発したので、呪いが中途半端に……」

靡く銀青は地毛だ。内で呪いが燻っているのを感じる。時間が経てば呑み込まれてすぐに短く戻るだろう。戻るまでの間、ガウェインの顔面を叩き続ける訳にはいかない。うっかり口にしてしまった中途半端の意味は分からなかったようだが、それ以上追及されなくてほっとする。

馬は全速力で走っている。そんな状況にも慣れているのか、手慣れた様子で強く手綱を振った後、何気なしに髪を掬い取られた。

「綺麗だな。夜に映える」

母と同じ色をした髪を褒められる事は多々あれど、相手がこの人だと思ったらとんでもなく恥ずかしくなった。俯いたミルレオをどう思ったのか、慌てた声が続いた。

「男が言われても嬉しくないいな。すまん」

「いえ……」

一先ず適当に縛り、先を片手で握りこんで応急処置とした。邪魔にならなければそれでいい。ミルはただの少年だから、王女のようにきちんと外見を整えなくても誰も怒らないし、みっともないと眉を顰められることもない。

「……さっきお前が言っていた役立たずとは、王女の事か？」

低くぼそりと告げられた言葉に背筋が冷えた。確かに不敬と取られて当然の言葉だった。怒られると思ったが、予想に反して彼は静かにミルレオを見ていた。

「姫様を評価する言葉を聞いたことがないわけじゃない。お前は、そう思ってるのか？」

「……………ええ」

「姫様ご自身も？」

「……………自身が一番、そう思っていますよ」

魔女が治める国と唄われているウィザリテだが、魔女ではない人間が王となった事例は山ほどある。魔女の子が必ず魔女になるとは限らないからだ。だが、魔女でありながらお母様になれなかった自身が失望されたように、魔女ではなかった幼い弟妹がそれを理由に傷つく日がこないことを、ミルレオは願うしかなかった。

王女である意味がない姫。母王に勝る部分はなく、王たる才は弟殿下に、人を引きつける愛らしさは妹姫に。魔女としても王としても王族としても、何者にもなれない半端者。十六になってもお披露目の場で魔法の失敗を繰り返す、外見が女王に似ているだけの役に立たない娘魔女。雪幻の妖精の意味をミルレオは知っている。儚い雪、実体のない幻、ふわふわ飛び回るだけの妖精。役に立たないそこにあるだけの王女。消えても誰も困らない幻。

「お母様がいれば、溶けても構わないんです。僕も、王女も」

下手に偉大な母と同じでなければよかったのだ。魔女でなければ、外見が似ていなければ、あんなにがっかりさせることもなかったのに。

ミルレオは滔々と言葉を紡ぐ自分が意外だった。こんな泣き言を話したのは初めてだ。こんな時に、よりにもよってガウェインに話すなんてどうかしている。王女としての重責が纏わりつかない西方で、誰の目も母を思い浮かべないここだから、きっと気が緩んでいるのだ。ガウェインも聞いてくれるからいけないと、八つ当たり気味に思う。うるさいと、煩わしいと、遮ってくれたら、全部諦めていけるのに。

「俺はいつか、姫様にお返ししたい言葉がある。御恩もだ」

「え……？」

聞き返すと同時に馬が嘶いた。咄嗟にガウェインが手綱を引き、落馬を免れる。

「どうした！」

まだロートまで距離があるはずだ。それなのに馬の落ち着きが失われている。屈強な軍馬がたじろぐのは、命の枠組みから外れた魔物相手にだけだ。

少し離れた前方の森がおかしい。全員、息を殺し視線を集中させる。常より、月光を遮り、闇を呑み込む森で生きる獣達が静まり返っているのだ。光差さない暗闇から、何者かの顎が命を喰らおうと飛び出してきそうな不気味さが漂っている。

前方を任されていた兵士が馬を寄せてきた。光に照らされてなお顔色が悪い。

「前方にトロールの群れです！」

「馬鹿な！　この辺りにトロールは生息していないぞ！」

トロールは三つ目の腐ったような肉を纏った魔物だ。大型の猿のような外見で、素早くて知能が低いのに攻撃的だ。肉が腐っているのでダメージが通りにくいのも厄介だ。

「トロールが群れで動くなんて聞いたことがないぞ！」

「他の魔物と見間違えたのでは⁉」

「あの腐臭が風上にあって、間違えるものか！」

怒声と悲鳴が合わさった声で示された前方から、勢いよく鳥が飛び立った。夜目が利かない鳥が飛び立つ理由など一つしかない。

現在ガウェインが引き連れている部隊は、偽王女の捕縛要員だった。魔物の群れを退治するには人数も戦闘力も格段に足りない。まして、小物ではなく危険度の高い魔物なら尚更だ。一体倒す為に、兵士四人以上は確実に必要となる。急遽城を空けた為、城の防衛にジョン達を残してきたのが響いた。あっちはあっちで留守を狙って騒がれた時の抑止力が必要だったのだ。かといって、今から本隊を呼び寄せていては間に合わない。だが、大きな街を封鎖し、町民を避難させる時間もなかった。

歯嚙みしたガウェインの腕から、するりと銀青が抜け出した。

「天駆ける龍よ、我に制空権を」

地面に下りるかと思った小柄な身体はそのまま空を駆けた。買い物に行くような気軽さをうっかりそのまま流しかける。慌てて細い手首を摑んで引き寄せると、悲鳴と身体があっさり落ちてきた。

「ふわっ⁉」

「一人で行く馬鹿がどこにいる！」

相手は魔物の群れだ。ヴァナージュの兵士を含めて六十名前後の軍隊が突入できない相手に、ちまっとした小動物がどうするつもりだ。

ミルレオはきょとんと長い髪を揺らした。

「僕は魔女ですから。どうぞお使いください、隊長」

銀青と爪が、月光を弾いて光る。ミルレオは、まるで天を穿つかのように夜空に指を向けていた。不自然にざわめく髪の美しさに目を奪われたのも束の間、前方の森から一つ、また一つと影が現れた。一体につき光る目は三つ。トロールだ。一気に戦闘態勢に入った兵士達と同時に、ガウェインもすらりと剣を抜いた。

周囲を囲んでいた灯が消えた。術に集中する為に消したのか、相手から的になる危険を考慮して消したのかは分からない。闇が増した周囲は、何かがおかしい。はっとなって空を見上げる。月も星もそこにはない。あるのは真っ暗に顎を開いた宵の闇だけだ。

「来ます！」

ヴァナージュの声とトロールが森から溢れ出たのは同時だ。彼は気配を読む能力に長けている。馬の腹を思いっきり蹴りつけて走り出す直前、空に複数の術式が瞬いた。

「天からの采配！」

幾筋もの雷光が闇から轟き落ちる。狙い定めたようにトロールだけを狙った雷撃は、的確にトロールを射貫いた。

全ては一瞬だった。目も眩む光と轟音、後には焼け焦げた不快な屍肉の臭いが残った。

全滅すら覚悟していた戦が、魔女一人で刃を交わすまでもなく圧勝だ。ガウェインは、自らも雷を喰らったように眩暈がした。スケーリトンが魔女を失って久しいから忘れがちになるが、これは、魔女だ。小さな子どものようでいて、その実他国が喉から手が出るほど欲している人間兵器。医と、知恵と、何より魔法を一所に集約した、黄金より価値ある力。

呼んだ雲が降らせる雨を受け、張り付く銀青に四苦八苦している小さな生き物は魔女なのだ。

そして、はっと気付く。この規格は普通なのか？　あっという間にトロールの群れを壊滅させ、負傷どころか疲労すらしていないこの魔女が、役立たずだと？

言葉もない騎乗した兵士達の中で、一人だけぽつりと地面に立った魔女は、誰も物言わぬ状況に不安げにガウェインを見上げた。

「……ミル、助かった。お前がいてくれて良かった」

雨に濡れそぼった所為だろうか。ガウェインの言葉を聞いたミルレオは、泣き出す寸前の子どもに見えた。

「お役に立ててよかった――……」

ガウェインの瞳(ひとみ)から見慣れた色を必死に探す金紫(きんし)の瞳は、探していたものを見つけられなかったのだろう。今にも泣きそうな安堵(あんど)を浮かべ、くしゃりと笑った。

西方守護伯付き魔女と空のダンス

晴れ渡った青が赤く染まり始めた空の下、張った防音壁を貫いた怒声が響き渡り、城中のメイドが茶器を割った。

「……やってるな」

「……やってますね」

ミルレオが解呪を失敗したのだろう。最近特に回数が多い。連日、早朝から夕方に差し掛かった今の時間になっても続いている。なのに、張られた防音壁すら貫く怒声は消えなかった。

再度響いた怒声にびくっと肩を震わせたトーマスは、何度聞いても慣れないらしい。ガウェイン自身は、何の心構えもなく姿と共に見た衝撃の方が大きかった為、声だけならびくっとはならない。どきっとはなる。何だ、あの、腹の底から湧きあがる恐怖心は。

思い出してしまった恐怖心を慌てて散らし、ガウェインは深い溜息を吐き、持っていた報告書を机の上に放り投げる。

偽王女に逃げられたと報告が入ったのは、ミルレオが魔物の群れを一掃した直後だった。不意に巻き上がった竜巻に邪魔されて足留めを食った隙に取り逃がしたという。こうなると最早疑いようがない。魔女がいたのだ。

大陸において魔女はウイザリテにしか存在せず、ウイザリテにおいても当たり前に生まれてくるわけではない。ミルレオを見ても分かるが、魔女から必ず魔女が生まれるとは限らない。魔女の子三人中一人が魔女になれば多い方だ。しかし、魔女以外から魔女は生まれない。

だから魔女とはウイザリテでも稀少な存在なのだ。中央に集まりすぎるきらいがあり、王都では珍しくもないが地方になればなるほど減り、防衛の為に国境付近では増える傾向にある。西方以外は、だが。

そして、そんな稀少な魔女は、必ずどこかに所属している。所属している以上、所在地は明確にされている。これは魔女を危険視して監視している訳ではなく、魔女狩りの横行を防ぐためだ。自ら排除したくせに、戦力になると知るや否や、力尽くで手に入れようとする人間の傲慢さは、いつの時代も魔女を苦しめてきた。

ウイザリテという国が他国と陸続きである以上、どうしても侵入者は防ぎきれない。ウイザリテが溢れ出すとき。それは、魔女が連れ去られた場合だ。そうはいっても国境は固められ、魔女自身が力の塊だ。そうそう拐かされる事態には陥っていないので、ウイザリテは溢れず沈黙を保っている。

そんな魔女だが、現時点でスケーリトンに滞在している魔女はミル・ヴァリテのみとなっている。それなのに偽王女を逃がした魔女がいた。王女の騙りが出た事実と同様に、決して見過ごせない現実だ。事態は西方だけでは収まらない。これは国を挙げての大事だ。そして、侮辱だ。

苛立たしげに髪を掻き上げると同時にノックが響く。

「入れ」

ガウェインが許可を出したと同時に扉が開き、怒声も響いた。

『この未熟者がぁ！』

「ひぎゃあああああ！」

「うおおおお⁉」

三者三様の悲鳴が上がったかと思いきや、ヴァナージュだけは軽く目を細めただけだった。

トーマスは両手で耳を覆って半泣きになっている。

入室者は二人、一名はヴァナージュ、もう一人はキルヴィック・ザン。タクス地方領主の息子だ。出自から領主陣の信頼を得づらいガウェインだが、跡継ぎ勢とは年が近い事もあり、悪くない友好関係を築けていた。又の名を悪友ともいう。

「おい、何だよ、あれ。お袋様に雷落とされたときみたく怖ぇんだけど？」

「守護伯付き魔女が修行してるんだ。ほっといてやってくれ」

「それだよ。何で公表しねぇんだ？　何百年も魔女不在の西方守護地に魔女降臨だぜ？　お前の箔もつくじゃねぇか」

長い金髪を二つに分けて、更に一つで結んだキルヴィックは、玩具のように自分の髪を弾いた。腕はいいのだが、お調子者な上に度を超した女好きで、親は手を焼いているそうだ。

ガウェインは椅子の背に体重を預けた。箔と言われても、思い浮かぶのは昨夜のミルの姿だ。圧倒的な力で魔物を倒しておきながら、雨に濡れて佇む様は、迷子の子どもより憐れだった。濡れそぼって身体に張り付いたドレスで一回り小さく見えた少年は、必死に何かを探していた。

役立たず。

そう判断されるのが怖いくせに、つらくてつらくて堪らないと心を切り裂いているくせに、こっちの瞳にその色を探してしまう憐れな子ども。

あれだけの力を持った子どもに、大人は容赦なくレッテルを貼り付けた。幾度も幾度も重ねられ、いつしかレッテルだけしか見えなくなった視界で、ミルは更なるレッテルを望むかのように相手の瞳に色を探す。役立たず役立たず役立たず。傷つくくせに、いつか貼られるならば今でいいと。自らを傷つけるだけの存在に縋るように、失望を探す。

「あれは母親に呪いをかけられているらしい。お披露目は解呪を成功させてからだ」

「どんな母親だよ!?」

「あんな母親だ」

一際高く響き渡った怒声は、どうやら防音壁が砕けたらしい。城中に花器が割れる音が続く。陶器関係、全て買い揃えだろうか、これは。市場が潤うのはいいことだ。ガウェインは静かに頷き、トーマスは予算の調整を頭の中で立てた。

「あいつの事はいいから、報告が先だ。さっさとしてくれ」

キルヴィックは、へいへいと軽い返事で肩を竦めた。いつも一人や二人でない女を連れているほどの軽薄さを隠しもせず、書類をひらつかせる。

「偽王女一行のコルコ前の足取りは、パルソナまでしか摑めてねぇな。しかしなぁ……パルソナからコルコまで、馬を飛ばしたってこの日数で行けるか？」

「軍人ならぎりぎり可能かもしれんが……その時の様子は？」

「儚く可憐に、わがまま三昧だってさ。やれ娘の持っている宝石が欲しいだの、用意された食事が気に入らないから作り直せだの――俺を睨むなよ！」

ガヴェインは舌打ちした。

「目的は王家の求心力の低下か？　それにしては稚拙だぞ」

「稚拙ですが、パルソナの領主然り、お恥ずかしながら愚父然り、受け入れてしまいます故。相手が王族ともなれば、疑いを持つこと自体を不敬と思い、王城への問い合わせを躊躇う可能性があります。王女と似ていれば、尚のこと」

「ならば攪乱か？　だが宰相の入れ替わりで王城が揉めていたのは一年前で、今はだいぶ整ったはずだ。一年前ならともかく、今更そんなことをしても大した成果は挙げられんだろうに」

一年前、王城は酷く揉めていた。長らく宰相を務めていた高齢の男が、引退を考えていると突如表明したからだ。

その上、貴族の嫡男でありながらその座を弟に譲り、何年も他国へ遊学に出ていた変わり者の青年が後継に名乗りを上げたのだから収まるはずがない。そう思われたが、当時の宰相自身の息子も含めた並み居る候補者を押しのけ、しれっと現宰相に収まった。その上、荒れた王城をあっという間に整えたのだから、見事としか言い様がない。

ガウェインよりいくつか年上であるが然程年の離れていない男は、その若さでそれはもう暴れ回ったと風の噂で聞いた。父親や祖父の年齢に近い男達を相手取り、精神を千切っては投げ、物理も千切っては投げ、あっという間に宰相の座に落ちついた。そして、王城内に勤める人間の一切合切を改めた。謀反だなどと大それた企みを抱いていた存在はいなかったようだが、それなりの不正から些細な不正まで、事細かに洗い出したのだ。その中には女王以外の王族に敬意を払わない不届き者達も多く含まれていた。

不敬な輩を叩き出した結果、ミルレオ王女に対する非難の声は少しだけ少なくなったと聞く。少なくとも、公の場では。

「そもそも、王女の振りをして何の意味があるんだ」

「ただの詐欺師かもよ。外見似てるから金儲けに使ってやろう、みたいな？　あー、そう言えば、魔女について聞きたがってたって言ってたな。王女なら自分も魔女なのに、教科書に書かれてるくらい初歩的なことを聞きたがってたって」

「魔女について？」

魔女のいない西方守護地の人間だって、そんなことは聞かないだろう。魔女の存在は、子どもだって知っている。あまり身近ではなくとも、雪の降らない地域においても雪を知らない子どもがいないように、ウイザリテにおいて魔女とは当然の存在だ。

「……王女の振りをするにしては妙な演技だな。個人的な興味だとしても、今更ウイザリテで

魔女の在り方を聞く奴はいないだろう。パルソナの領主はどうして疑わなかったんだ」

「お姫様が退屈しのぎにからかってると思ったってさ。まあ、パルソナの領主は事なかれ主義のへたれだからなぁ。突然やってきた上に、伝え聞く王女と特徴が一緒だったから思わず信用したそうだ。面倒起こしたくないパルソナに、お前を大嫌いなコルコ。偽王女一行もいいとこ狙ってくるわ。にしても、淑やか美人だったか？　雪幻の妖精だろ？　あー、偽者でいいから会いたかった……」

「三枚に下ろすぞてめぇ」

九割方本気の睨みに、キルヴィックはへいへいと肩を竦めた。

「姫様至上主義のお前の前ですんません。今度はお前のいないとこで言うわ」

「ヴァナージュ。やれ」

「御意」

当たり前に剣を抜かれて、慌てた声が上がる。ヴァナージュは、やれと言われたら本当に殺る。冗談が通じないどころか、冗談の存在を知っているかどうかも怪しい男なのだ。

「報告！　魔物の野郎どもは一体全体どこからお越しなすった⁉」

苦し紛れに叫ばれた報告に、ヴァナージュの動きがぴたりと止まる。仕えると決めた守護伯への報告をそっちのけでいいのかと促されたのだ。

キルヴィックに苦し紛れの逃げ道をとられたヴァナージュは、舌打ちも嘆息もせず剣をしまった。しかし、ほっと安堵の息をついたのも束の間、キルヴィックの身体が宙を舞った。当然彼が自ら望んだわけではない。体格のいい成人男性を細身の身体で悠々と投げ飛ばした男は、涼しげな顔で立ち上がった。報告が終わったので投げ飛ばした。それ以上でも以下でもない。

こうしてガウェインの指示は果たされた。

「閣下、元々あの辺りに生息していた魔物ではないとの見解が濃厚です。また、周辺地域での被害報告もありません」

「というと、何だ。突然あそこに現れたってことか？　食い荒らされた形跡はないのか？」

「近隣の農作物以外に、森や山も調べさせましたが、獣も植物も被害なしとのことです」

幾らゴブリンに知能があるといっても、自らの痕跡を隠すまでの知恵は回らない。そして、魔物といえど生き物であれば食物を得る必要がある。魔物は血肉を好むが、基本的には何でも食べる。農作物は勿論、木も齧られず、土も掘り起こされていないとなると、どこで餌を取ったというのだ。魔物が断食するという謎の境地に達していれば話は別だが、まずあり得ない。

だとすれば手引きした人間がいるはずだが、人間が魔物を操れるはずもない。

「魔女、か……？」

「恐らくは。姫様を騙った不届き者の中に魔女がいたのは確実です。現在王宮に所在地不明の魔女がいないか問い合わせております」

「しかし……魔女は魔物を操らないと聞いたことがあるんだがな……。まあいい。偽王女との流布はこっちでやってる。流石にこれだけ偽だ偽だと騒いでやったんだ。二度とふざけた真似は出来んだろう。というか、させんぞ。あの糞野郎共。姫様の御名を穢して一体何のつもりだ」

　思い出しても腹立たしい。あの時の『ミルレオ王女』の行動は、責も何も担わぬ令嬢のようだった。自らの欲を満たせればそれでいい、身の安全さえ保障されれば誰の犠牲も気に留めない、寧ろ当たり前だと縋る。

　恐怖に戦くだけなら仕様がないと言えるだろう。『ミルレオ王女』は、魔女で王女ではあるが、まだ年若い姫だ。魔物の群れに恐慌を来しても致し方ない。ここがウイザリテでなければ。酷な話だが、ウイザリテにおいては魔女は前線に立つものなのだ。

　そして、記憶にある幼い瞳はあんな色をしていなかった。媚びるだけの吐き気を催すような甘ったるい声音も。

　ガウェインの中にある記憶は幼い王女のものだ。成長した姿は分からない。そう簡単に目通り叶う方ではない。守護伯を継承した時も、式に殿下達の姿はなかった。

　それでも、忘れられない。幼い金紫の瞳を。まっすぐにガウェインを見上げたあの色を。不思議そうにガウェインに告げた言葉を。忘れるわけがない。

ミルレオ姫様は、姿形だけ女王に似た紛い物。お披露目の場でも式典でも碌に魔法を使えない役立たず。魔女を名乗れるのは母親のおかげ。役立たず役立たず役立たず。母王があれだけ偉大な方なのに、娘である王女はどうしてああなのだ。女王は若く美しい。彼女が健在であるなら王女はいなくても。王としての才は、幼い弟王子が既に才覚を見せている。女王のように人心を集める稀少な魂は、幼い妹姫が片鱗を見せている。

王女には何もない。空っぽの、器だけが女王に似た紛い物。

西方の端にまで届く噂。中央にいた王女は、もっと多くの言葉を直接耳にしたのだろう。皆が己を蔑む中で生きてきた王女。

『お母様がいれば、溶けても構わないんです。僕も、王女も』

雪より余程儚く微笑んだミルも同じだったのだろうか。軽く頭を振って切り替える。

「西方は魔女がいなかったからな。悪さをしても捕まらないと思ったんじゃねぇか？」

「そんな可愛い理由ならいいが……何にせよ、グエッサルもきな臭い。しばらくは警戒を強めろ。お前達は引き続き情報を集めてくれ。狙いが分からんと対処しようがない。とりあえず、偽王女関係者は捕らえたら俺が殴る」

「あ、美女だけ置いといてくれよ。俺が尋問すっからさ。あー、一目でいいから本物の王女様に会いたいぜ。知ってっか？　女王様と並べばこの世の春だってさぁ」

ごっ！　と鈍い音が響いた。慌てたトーマスが間に割って入る。

「ガウェイン！　暴力は駄目だとあれほど！」

「これは暴力じゃない。制裁だ」

「ったぁ！　お前本気でやったろ！」

「当然だ。……何だ、喋れるなら力が足りなかったな」

顔面を手加減なしに強打されたのに、打たれ強さが取り得のキルヴィックは、痛そうに頰を摩るだけだった。もう一発いくか、いっそ蹴りでもいいいなと、トーマスが聞いたら涙目で説教しそうな事を考えていると、寡黙なヴァナージュが珍しく独り言を呟いたのに気づいた。

「……楽しそうですね」

本棚の隙間にかろうじて残った窓から何かを見ている。成人男性三人で覗き込むには狭いスペースに何も考えず張り付いてしまい、悲惨な事態となった。

元凶となった呟き主は一歩も動いていなかったので、悲劇に巻き込まれずに済んだ。

ガウェインの役に立ちたいといつもより多く解呪に取り掛かり、終いには防音壁まで破られたミルレオは、激しく落ち込んでいた。

何がいけないのだろう。母のように美しく緻密な術式は練れる。幾度も練習を重ねたのだ。

一朝一夕の練習ではない。幼い頃から、自分の人生の三分の二をかけてだ。だが、術式を展開した途端、呪いが顎を開く。何も進展していない。手応えが欠片も掴めないのだ。精々、お母様の怒声にほんの少し慣れた程度だ。更なる落ち込み要因でしかない。

一日中呪い解除に掛かりっきりの体力は尽き始め、余計に情けなくなる。

『お前がいてくれて良かった』

そう言ってくれたガウェインに報いたい。何故か悲しげな、憐れみの色を浮かべたあの人の役に立ちたい。

役立たず。その色を、あの緑に見たくない。あの優しい人に、そんな失望を与えたくはないのだ。何度も諦めてきたはずなのに、どうしても。

吹き飛んだ隊帽にのろのろと手を伸ばす。すると、拾う前に誰かが持ち上げる。一緒に視界を上げれば、複雑な顔をしたザルークがいた。ぽこんと、頭というよりは顔面に帽子を載せられて何も見えなくなる。

「妹が八つ当たりしてるらしいから、謝っとく。ごめん」

「え？」

心当たりがなくて首を傾げ、ついでに帽子も取ってしまう。

「サラだ。ごめん。あれは完全に八つ当たりだから気にしないでくれ」

驚いて目の前の少年をまじまじと見つめる。確かに赤茶色のふわふわとした髪はサラと同じだ。魔物討伐の帰り、用事があって話しかけたら堅苦しくて鬱陶しいと言われたので、出来る限り『タメ口』なるものを意識して話す。西方で習った新しい単語の一つだ。

「八つ当たり？」

「恋人にふられたらしい。相手があんたに惚れたとかなんとか……いや、聞かなかったことにしろ。そのほうがお前の心の平穏は保たれるしな。まあうん、気にすんな。お前は悪くねぇし、まあ夜、部屋の鍵はしっかりかけとけな？　人間思いつめると何するか分かんねぇし、まあ、男同士なら無理矢理は……お前相手だと出来そうな気がするのが怖ぇえな。まあ、何だ、うん」

ぽんっと肩に両手が置かれた。

「頑張れ」

「余計に怖いです！」

「どんまい！」

「何が!?」

真剣な瞳が余計に怖い。そういう話が軍隊に多いとは小耳に挟んだ事はあるし、実際男になってから四つ顎に襲い掛かられた事もある。しかし、ミルレオにとっては男女交際も未知なる領域に等しい。思考はあっという間に絡まった。混乱を極めた様を憐れに思ったのか、今日のザルークは優しかった。

凄く疲れた。ぐったり項垂れたミルレオは、緩慢な動作で指を動かした。ぽんっぽんっと軽い音と共に現れたのは、愛らしい硝子瓶だ。

「サラにあげてください。いい匂いがすると言ってくれたお礼です。僕が作った入浴剤です。気に入って頂けると嬉しいですけど……元気出してと伝えたら、怒る、かな」

「ははは、何言ってんだミル。怒るならマシじゃないか」

「え!?」

「はははははははは」

急に声音が変わり、ザルークは遠い遠いどこかを見て乾いた声を上げ続けた。年の近い兄弟がいないミルレオにはよく分からない世界が、そこにはあるようだ。しかし少し羨ましい。ミルレオは、可愛い弟妹に思いを馳せた。

当初はつんつんしていたザルークも、昨日のミルレオの行動に何か思うところがあったのか、態度は少し軟化していた。彼はガウェインの伝令のようなことをしているらしく、城にいない場合が多い。馬に乗る事態が多い彼は、こっそり薬を頼んできた。痔の予防薬ですねと、頼られた事実が嬉しくて笑顔で返したら殴られた。

柔らかな草が生えているとはいえ、地面にごろりと寝転がったザルークはくわっと大きな欠伸を披露した。

「お前も兄弟いんの?」

「年の離れた弟妹が」

「ふーん。仲いい?」

「はい。二人とも、とっても可愛くて」

　こんなどうしようもない自分を慕ってくれる、とても優しい子ども達だ。

　賢く真面目で大人しい弟。天真爛漫で輝く笑顔の妹。どちらも大切な、ミルレオの家族だ。

　まだ幼い、年の離れた小さな二人。きっと二人のどちらかが、母の後を継ぎ、ウィザリテの王となるのだろうとミルレオは思っている。ミルレオだけでなく、周囲の誰もがだ。そこに嘆きはない。喜びも、ないけれど。

　弟妹へ向けられる期待が、姉として誇らしく、複雑で。何より心配でならない。周囲の期待は、簡単に裏返る。ミルレオが特別役立たずだっただけかもしれないが。

「ふーん」

　自分で聞いておきながら、興味なさそうに声とも欠伸ともつかぬ音を発したザルークは、寝転がったばかりの身体を起こした。

「この前は、悪かったな」

　何に対しての謝罪か分からず首を傾げたミルレオを、ザルークはじっと見つめる。真摯とも品定めともつかぬ視線だ。しかし、そんな視線はすぐに散った。

「あのとき態度悪かったから、謝っとく。ごめん」

「あのとき……」

彼とまともに会ったのは、偽王女が現れた報告の日だけだ。捕らえに行った際も同じ集団にいたようだが、彼は力仕事が主な仕事ではないので、あまり姿を見かけなかった。

「お前がガウェイン様にちゃんと仕えてるんなら、俺の態度は悪かった。西方も、いろいろあるから。俺、お前かなり怪しいって思ってた」

それはその通りだろうと、ミルレオ自身も思う。任命状など、形式的な物は全て本物だ。しかし素性は、由緒正しき偽装である。身分ある家の子息が軍属する際、家の名が揉め事を起こさぬよう一度養子に出て名字を変えることはよくある。ミルレオもそれに当たるのだろうと結論づけられているのだが、その辺りは清く正しい偽装が行われていて、大変申し訳なく思っている。しかし、清く正しい偽装の最終的なサインは女王の物で、これまたとてつもなく申し訳ないのだ。

「俺は、ガウェイン様に一生ついていくんだ」

赤茶色の髪を風が巻き上げて、茶色の瞳が細まる。

「俺達はガウェイン様に拾ってもらったんだ。だから絶対恩に報いる。ガウェイン様が仕える相手にもだ。だから、お前を認めてやる。あまり評判のいい訳じゃない王女のことで、ちゃんと怒ったお前を、俺は認める」

驚いて目を丸くする。ミルレオは王女を庇ったわけじゃない。怒りはもっと別にあった。自分の評価が低い所為で王家が見縊られた。許し難かったのはそれだけで、彼が認めてくれた、ガウェインが仕える王女が侮辱されて怒ったわけじゃない。そもそも、ガウェインが仕える王女とはどういうことなのか、今一よく分からない。幼い頃に一度会っているようなのだが、全く覚えていないのだ。

弁解しようと口を開いても、結局説明出来なくて噤む。どう説明しようとしても呪いに引っかかる。

「……ザルークは、隊長が大好きなんで…………大好きなんだね」

結局口から出たのは当たり障りのない言葉だった。語尾の言い直しは必須だったが。

年頃の少年が受けるには羞恥が前面にでる言葉だった。しかし、ザルークは少し目を細めただけで頷いた。

「捨てられた人間にとって、拾ってくれた人は神にも等しいんだよ」

ガウェイン様が信用するなら俺もする。疑って悪かった。素直に差し出された手を握りながら罪悪感が拭えない。本当のことが話せないなら、せめて嘘はつかないようにしよう。ミルレオはぎゅっと握って心に決めた。

「僕も、隊長が大好きで、だよ。守護伯としても、人としても素晴らしい方で……とても、優しい方だと思う。あの方のお役に立てるのなら、それはどれだけの誇りだろうと」

この気持ちには覚えがある。母に抱いた感情に似ていた。けれど、何だか少し、違うのだ。

憧れた。尊敬を抱いた。役に立ちたいと思った。失望されたくないと、させたくないと、思った。そこまでは同じだ。けれど、見てほしいと。振り向いてほしいと思った。無様に泣きじゃくるミルレオを抱いた温かな手が名残惜しいと、困った顔で慰めてくれるその不器用さが温かいと、ミルレオを見て笑ってくれた親しみが齎した心地よい熱が何なのか。

ミルレオは無意識に、浮かんだ思考を追わず、打ち切る選択を取った。

今日はこれで最後にしようと挑戦した解呪も見事に失敗し、大音量にひっくり返ったザルークを巻き込んで二人で地面に突っ伏した。軽っ！　と、何故か怒られながら慌てて上からどく。

ぱたぱたと土を払いながら、ザルークは不思議そうに首を傾げた。

「なあ、ミル。昨日のなんちゃらなんちゃらって難しいのか？」

「なんちゃらなんちゃら……」

「あー、えーと、天からの采なんちゃら」

「ほとんど言えていますよ!?」

細かいところは気にしない性質らしい。

「雲さえ呼べればそんなにでです……だ、よ？」

「聞くなよ。なあ、だったらあれは？　あの、なんちゃらかんちゃら」

「なんちゃらかんちゃら……」

「天駆ける龍よ、我に制空権をなんちゃらってやつ」

「なんちゃらいりませんよ!?」

鋭い指が額に叩きつけられた。指一本の威力とは思えない。あまりの威力に涙目になったミルレオに、威力が今一納得いかなかったのか、練習しながらザルークは吼えた。

「畏まんなっつってんだろうが！」

「す、すみま、ごめんなさ、ごめん！」

「よし」

「いいんです、の？」

「なよんな！」

「いったぁ！」

後で教えてもらった技名デコピン。未知なる痛みだった。

一通りデコピンを入れて満足したのか、機嫌よく話が戻った。何本も攻撃されたミルレオは既に瀕死の状態だったが。

「なんちゃらさあ、俺もやりたい」

「……うぅ、痛い……だったら最初からそう言ってくださ……れ」

構えられた指に慌てて付け足したら、とりあえず及第点だったらしく指はしまわれた。

ひりひりする額に半泣きになりながらザルークの手を取る。自分より少し大きいだけの手は、比べものにならないくらい硬かった。

「ええっと、術は僕が使うので、ザルークさんは歩いてくださったぁ！」

「ザルーク」

「うぅ……はい、うん」

握った手が攻撃の態勢をとって、慌てて握りしめる。

「歩くって、どうやんの？」

「いつもみたいに」

「だって、空だぜ？」

晴れ渡った名残のある夕空を見上げる。そこには勿論階段なんてない。

「空気にだって質量を感じることはできま、できるよ。風は当たったらちゃんと分かるでしょう？　突風は硬いって思わない？」

「あー、馬に乗ってるときみたいな感じ？」

「そうです。じゃあ、ちょっとやってみるね。天駆ける龍よ、我らに制空権を」

両手を握ったまま唱えると二人の両足に術式が現れ、地面を踏みしめていた安定感が失われる。急に心許なくなった足場に、思わずといった風に握る力が強くなった。笑顔で宥め、足を踏み出す。

「ついてきて。大丈夫、絶対落とさないから。見えないけれどここには階段があると思って、はい、上に、上に、そう、上手」

よたよたしながらもちゃんとついてきたザルークに嬉しくなる。まるで弟に歩き方を教えた時みたいだ。それ以外で誰かに教えたことなどない。王宮には王室付きの魔女がたくさんいるし、誰も役立たずの王女に魔法など習いたくはないだろうから。

「次は前に、前に、しっかり質量を感じて。ここは空の地面だから、転んでも回るだけで痛くないよ。そう、上手。はい、次は右に」

元々運動神経がいいのか、ザルークはすぐに適応した。足元ばかり向いていた視線がぱっと上がる。今日の空みたいに晴れ渡った笑顔だった。

「すげぇ！　地面が遠いぞ！」

「楽しい？」

「うん！　ありがとう、ミル！」

胸が詰まる。

一瞬、息が出来なくなった。

胸が詰まる。衒いのない言葉がこんなにも嬉しい。幼子のように無邪気に笑うザルークの瞳はきらきら輝いている。新しいことが楽しくて楽しくて堪らない顔だ。夕焼けより眩しいのに、目が離せない。

ちゃんと笑い返せただろうか。そればかりが気になり、うっかり背後を忘れた。

触れた窓枠にはっとなり、慌てて振り向いた先で、成人男性達が狭い隙間にすったもんだしていた。

「ガウェイン様！　俺、飛んでる！　空歩いてる！」

窓が開いていないのも忘れ、ザルークが叫ぶ。大きな声はきっと部屋の中まで届いただろう。自分の頬を肘で潰していた男に拳を入れてどかせたガウェインが、笑顔で口を動かした。

『良かったな』

見慣れたはずの景色が、急に尊く見えた。高く上がった空は遠くまで見渡せる。遥か彼方まで見渡せる世界は、広く、美しく、どこまでも続いている。そんな当たり前のことを、今まで忘れていた。

空に近づいたと嬉しくて堪らなかった幼いあの日。初めて空を飛べた日。世界は確かにミルレオのものだった。

どこにだって行けるのだ。だって世界はこんなに広い。どこまでだって駆け出していける。どこにだって飛んでいける。それなのに、どこにも行かなかったのは何故か。行けなかったから？　いいや、違う。いつだって、笑って出迎えてくれる家族がいたからだ。だから、ミルレオはいつも、喜びと共に地上へ帰った。

魔女であることは喜びだった。大好きな母とお揃いの力。病床の父へ持ち帰った春の風。泣きじゃくる小さな身体を抱き上げ、空へと連れていった弟妹の笑顔。闇が怖いとぐずる彼らの為に、柔らかな星を寝室に降らせた夜の、星より輝いた瞳。

『魔女は、喜びを生み出す生き物よ』

母は、そう教えてくれていたのに。魔女は人の為にあれと、魔女の力は人々の幸せを作り出せるし、笑顔を守る為にあるのだと。だから誇っていいのだと、ずっと前から、そう教えてくれていたのに。

空を飛び、光を散らし、世界を泳ぐこの力が、ミルレオは好きだった。大好きだったし、誇らしかったはずなのに。いつから、重苦しいだけの惨めな象徴にしていたのだろう。

「踊りましょう、ザルーク！」

「あ？　貴族じゃねぇから無理無理」

「楽しそうに揺れて回っていればいいんです。踊りって、そういうものだったんですから」

繋いだ手を勝手に腰に回させて固定すると、ミルレオは大きく一歩下がった。

「さあ、踊りましょう」

「だ、から、うわ！　俺、踊れねっつの！　うわ、落ちるって！」

「落ちないよ。ザルーク、手を上げて！」

不安定な足場に辟易しながらも上げられたザルークの手の下で、くるりと回ったミルレオは、笑っていた。

空は魔女の領域だ。けれどここはウィザリテだから。人も魔女も、同じ領域で生きようと願って作られた国だから。その為の、魔法なのだから。

いつの間にか上半身裸のジョン達が地上に集まっていた。城のメイドや執事達もだ。楽しそうにくるくる回る二人に、いつしか地上でも即席ダンスパーティーが始まる。楽器に覚えのある者が集まって、楽譜もないうろ覚えの多い曲を演奏し、仲良しのメイドが歌う。碌に踊りを知らない人々が笑って回る。

トーマスだけは、空中の二人が心配でせっせとクッションを集めていた。並べる端からジョン達が投げつけあってしまうので、いつまで経っても形は整わなかった。

そのうち、ガウェイン達も交じっての宴会になっていた。くるくる回るだけでいい。揺れるだけでいい。音楽も歌も踊りも、笑っていればそれでいいのだ。

「あはは！　楽しい！　どうしようザルーク！　楽しい！　こんなの初めて！」

「俺、も、初めてだよ！　空飛ぶのも踊るのも！　ははっ、バカみてぇに楽しい！」

いつの間にか、二人が繋いだ手は片方だけになっていた。慣れたのだろう、ザルークはミルレオを振り回すように回りだし、ミルレオも声を上げて笑い、彼の動きに応じた。

空いた手をきゅっと握る。開いた掌から光が溢れ出た。色取り取りの丸い光がシャボン玉のように宵の空から降り注ぐ。一際大きな歓声が上がった。それは、星が降り注いでいるかの如く美しい。見惚れる人々の頰には朱がのぼり、瞳には光が灯る。

地上に降り立った途端、二人の身体はわっと囲まれて胴上げされた。酔っ払いのすることに意味を求めてはいけない。最初はされるがままになっていたミルレオは、同じように空を舞ったザルークが引き攣った声を上げたことに気づいた。

「だっはっは！　ザルーク！　高いたかーい！」

「高すぎんだろ！　やめろ酔っ払いどもが！」

「いい子でちゅねー！」

「だぁ！　この筋肉だるまうっとうしい！　ガキ産まれたばっかで調子のってんのがほんとうっとうしい！」

いつの間にか、ザルーク側の胴上げは筋肉達が担当していた。ミルレオはひっと悲鳴を上げると同時に、片手も上げた。

掌から弾けるように上がった花火に皆が見惚れている隙に、急いで胴上げを離脱する。後ろから何かが潰れた声が上がった。花火に見惚れた筋肉を足場に、ザルークも離脱したのだ。目が合って、お互い頷くと、それぞれの進行方向へ一目散に逃げ出した。このとき、ミルレオとザルークはまぎれもなく戦友だった。

地面へ降りたのに、足元がふわふわするのは高揚感が解けないからだ。空を駆けたのも踊ったのも初めてではない。胴上げも、まあ、ここに来てから何度もされた。怖かった。

そのどれも初めてではないのに、全速力で走りきった後のように胸が弾み、冬の朝に深呼吸したように胸が澄んでいる。

即席ステージの上では、ガウェインに殴られていた男が女性五人を相手に踊り、観客から物を投げられていた。どうやら彼らのパートナーを奪ったらしい。男の顔にクッションが当たり、どっと笑い声が上がる。当たった男も、大きな口を開けて笑っている。誰もが笑っていた。でたらめな音を奏で、整わないダンスを踊り、大きな口を開けて、笑顔が踊る。

不意に肩を強く摑まれた。驚いて振り向いた視界の端を銀青が掠める。しかし、思わず伸ばした手は何も摑めなかった。そこに銀青は存在しない。当たり前だ。だってこの身は呪われている。

空を切った掌の先には、ミルレオの肩を引いたガウェインがいた。

「あの、隊長？　どうなさいました？」

酷く驚いた顔をしているガウェインは、自分を不思議そうに見上げるミルレオにはっとなる。幾度か瞬きし、首を傾げた。

「……気のせいか？　すまん、あれしきで酔ったりしないはずなんだが」

「お疲れなのではありませんか？　薬調合しましょうか？」

「いや……お前が女に見えてな」

今度はミルレオが驚く番だった。驚いた猫のように毛先が跳ね上がるのは、先程の魔法の名残か、気持ちの問題か。

「腰ぐらいまでの長髪に、紺のドレスを着ているように見えたが、気のせいだな。悪い」

「え!?」

咄嗟に落とした視界に映ったのは、ぺたんとした薄い胸。両手で胸を押さえて肩を落とす。

そう簡単にいったら苦労しないのだ。

「無理ですよね……そうですよね……お母様、酷いです。一等気に入りのドレスを着ていらっしゃいと仰ったのに、そのまま呪うんだもの……」

最後に自分の姿を見た日。一等気に入りのドレスを着ておいでなさいと、母に呼び出された。色々考えた結果、艶が美しい濃紺のドレスを選んだ。どこか軍服めいた堅苦しさなのに、優美に風に靡くスカートが気に入っている。威厳がないとはよくいわれるが、このドレスを着たときは気持ちもかっちりする。自然と背筋が伸び、足りない威厳はドレスが補ってくれるはずだ。

だから選んだら、その姿のまま呪われて、ドレスも呑み込まれてしまった。次にあの裾を翻せるのは解呪に成功した時だ。

見るからにしょぼんと落ちた肩を、いつもだったら励ますガウェインはそれどころではなかった。ミルレオ自身が放った爆弾発言の所為だ。

「お前、女か!?」

怒鳴られた声量に固まった身体は、音を言葉として徐々に認識していく。じわじわと青褪めた顔が失言に気づいた途端、両手で頬を押さえて悲鳴を上げた。

「き、きぃあああああああああ!」

声変わり前の少年の声で上がった甲高い悲鳴は、宴の歓声が掻き消し、ガウェインにしか聞こえなかった。

　祭りの場から荷物のように担がれて辿りついたのは、ガウェインの私室だ。初めて入る殿方の部屋に動揺など感じる暇もなく、寝台の上に放りだされた。何故寝台かは一目瞭然だ。本当に睡眠だけに使われていると一目で分かる部屋は、座れるものが他にない。寝台以外で座れるものは空気しかなさそうだ。空気椅子は、とてもつらい。魔法を使えばよかったのだろうが、今のミルレオも、部屋主であるガウェインにも、そんな思考の余裕は欠片もなかった。

「……座れ」

「は、はい」

　クッションの利いた広い寝台に正座する。うまく安定せず、ぐらぐら揺れる身体を無理矢理向き合わせ、ミルレオは両手をついた。

「申し訳ございませんでした！　ひふはわはひはんはらほひへまへんでひは！　ひえまふ！」

「窓を見るな、消えるな！　言えないのは分かったから、とりあえず落ち着け！」

　呪いで呂律がおぼつかない。必死に紡ごうとすればするほど自分でも何を言っているのか分からなくなってしまう。身の内で顎が開きかけて両手で口を押さえてもがき、ようやく部屋は静まった。防音をかけていない部屋で母の怒声を炸裂させれば、あの楽しい時間が散ってしまうかもしれないと、ミルレオは何より恐れた。

ガウェインもぐったり壁に頭をつけていた。疲れきったと背中が語っている。ますます申し訳なくなって縮こまった。

「申し訳ございませんっ……」

嫌われたくない。

よくやったと言ってくれた。お荷物のように押し付けられた出来損ないの魔女を信用して、優しくもしてくれた。穏やかに、柔らかに、ここにいさせてくれたこの人に、嫌悪の瞳を向けられたら、きっと死にたくなる。

「何でもします。お役に立ちます。消えろと仰るならば消えます。ですが、ですがっ……」

どれだけ必死に紡いでも、声は消え入りそうになる。姿までもが消えてしまいそうだ。小さく縮こまり、世界に存在することすら恥じ入りたくなる。

「……馬鹿だな。俺は怒ってなんていないし、そんなこと言うわけないだろ？　少し、かなり、多大に、びっくりしただけだ」

蔑んだ視線を向けられるどころか、優しげな声と共に大きな手がミルレオの頭を覆った。ぽんっと乗せられただけなのに、彼の手が大きいのかこっちが小さいのか、すっぽり収まってしまった。いつもは弟妹にしている動作を自分がされると、どうにも気恥ずかしい。

「そうか、女の子だったのか。実はな、俺はお前の母親は血も涙もないのかと思っていたんだが、そんなことはなかったんだな。確かに軍属になるのにお前くらいの年頃の女の子は危ない。お母上なりの優しさかもしれんな……直属の上司に正体を教えておいてさえくれたらな」

　恐る恐る上げられた顔に、ガウェインは思わず苦笑した。上げられた金紫の瞳は、もういっぱいいっぱいだと見るだけで分かったからだ。ぐるぐると思考と気持ちが回っていると分かるミルレオがようやく口にした言葉は、必死の擁護だった。

「お母様は血も涙も情もあります！　容赦がないだけなんです！」

　見当外れの方向に飛んだ母への援護に、本人も何かおかしいと思ったのか、首を捻った。しかし、すぐに青褪める。

「でも、ここを出されたら顎四つ様と結婚は本当です……私が相手の方を選ぶなんておこがましいのでしょうが、けれど、隊長、顎様が私の夫……僕の、わ、わたくしの、ぼ、わ」

「落ち着け！　追い出したりせんから落ち着け！」

　虚ろに空笑いを始めた姿に慌てて言葉を遮り、ガウェインは深々と息を吐いた。華奢で小柄で肌白い少年だ。一人でこそこそ着替えて、こそこそ風呂に入っていると報告された時も、からかわれるのを避ける為に風呂の時間をずらしているのだと思っていた。ましてジョン達が仲間だ。大人しく上品な少年が静けさを求めるのは、決して不自然ではなかった。ジョンもそう思ったのだろう。あえて時間をずらしている相手を追いかけはしなかった。その程度には気配りと分別がある男だ。だが、腕は確かなのに、いつまでもガキ大将が群れを作っているようにしか見えないのは何故なんだろう。

　着任当初は子どもが迷い込んできたようだった。常に所在無げに佇み、何事にもびくびく脅え、目の前でジョン達が脱いだ時は悲鳴を上げない代わりに卒倒した。王女と懇意にするほど高位の令嬢に、男でもむさいと思う男達の裸体はさぞやきつかっただろう。魔女の役目が力仕事でないのと、薬草の管理や調合の都合を考慮し、専用の部屋があることだけが幸いだった。

「で、だ。情報を整理するとだな、お前は十六歳。変わらないな？」

「は、はい。あ、けれどもう少し背が高いです。ヒールもあるでしょうけど、何だか色々貧弱な気がします。私もガウェイン様のようにしっかりとした腕がよかったです。羨ましいです。後は大して変わらないので、せめてこんな時くらいいつもと違ったらと」

「やめとけやめとけ。しかし、こうなった以上少し考えないと駄目だな。男ならともかく令嬢を戦線に出すわけには」

　ミルが西方にいるのは一時的な処置だとガウェインは思っている。王家と懇意にある上流貴族の子どもが、戦時には最前線となる守護地に配属されたこと自体が異例なのだ。荒くれ共の中にいて上品さを失わない令嬢に、色々と取り返しが付かない物を見せてしまった後にいうのもなんだが、傷をつけずに帰すのが無難だろう。

　今だって、国境沿いにはグエッサル軍が陣を張っている。グエッサルがウイザリテを諦めない限り、彼らはあの地に陣を張り続けるのだろう。小競り合い程度ならばいつ始まってもおかしくない。スケーリトンは常に戦端が開かれそうな均衡の中で活気づいている。更に、普段からそんな状態なのに、ここ最近はグエッサル兵の数が異様に増えている。近々、大きな戦端が開かれる可能性があった。こちらから攻め込み、徹底的に潰さない以上、相手はいつだって戦力を回復して戻ってくる。当たり前の摂理だ。だからいつだって受けて立てるよう、調整はしている。今までもそうやってきた。

魔女のいないグエッサル軍の兵士達から、魔女の所属がない西方守護軍が守る。人間だけで完結する戦いを、この地は長い間続けてきた。別にそれを誇りにしているわけではないが、いないのならば仕様がないのだ。いない存在を戦力に数えるわけにはいかない。ガウェインは、今まで通り人間だけで戦う。それだけだ。この小さく儚げな、周囲に傷つけられ押し潰されてきた魔女に、これ以上の傷をつける必要はないはずだ。

「嫌です！」

それなのに、その魔女自身が、今まで聞いたこともないぱんっと張った声を上げた。強い意志を伴った折れるつもりのない意思の声が、どこか悲鳴のように。

細い指が必死にガウェインの腕を掴む。溺れる人間が何かに縋るより明確に、息をしようともがくように。

「私は魔女です、魔女は人の為に在ります！」

　西方守護伯付き魔女。右手の中指に嵌まる黒細工の指輪。ここにいていい証だ。大きな手でくしゃりと頭を撫でてくれた。転んだら、どんくさいと笑って手を貸してくれた。ミルレオでは経験した事のない全てがここにある。母を知らない人達。比べない人。ミルだけを見て、ミルだけで判断してくれる場所。王宮にいるときより何倍も伸びやかな魔法を使える気がする。

　何より、この人の役に立てるのが嬉しかった。厳めしい顔をして書類に向かうのに、お茶を運んだら気づいて頭を撫でてくれる。成り上がりと厳しい周囲の目にも怯まない瞳をもって、きちりと伸びた背で責務を果たす強い人。彼を尊敬した。自分も彼のようでありたいと思った。しかし何より、彼の役に立ちたいと思った。彼の助けになりたいと、なれる自分になりたいと。

「私は貴方の魔女です！　貴方のお役に立ちたいんです！　ガウェイン様、お願いします。お傍に、いさせてください」

　必死に言い募ったミルレオをしばし見つめ、ガウェインは息を吐いた。呆れられたとショックを受けるも、違うのだと手を振られた。無意識に、軽く振られて揺れる手を視線で追う。

「お前、あまりそういうことを気軽に言うなよ？」

「私、ガウェイン様にしか申しておりません！」

「男だと思ってた時に言われてもくすぐったいのに、お前が女だと知ったら、どうも、妙な気分になる」

「妙……気持ち悪くてすみません……」

「……はっ！　消えるなよ!?」

しゅんと肩を落として見つめる先が壁だったので安心していたが、そういえば目の前の魔女は壁から入ってこられる。ということはだ。出ても行けるということだ。室内にいても、魔女の身投げは阻止できない。ガウェインは、改めて気を引き締めた。

「……とにかく、だ。今日から風呂は俺の個人風呂を使え」

咳払いしながら告げられた言葉に、ミルレオは落ち込んでいたのも忘れて飛び上がる。

「駄目です！　私、今までと同じく時間をずらして入りますから。大丈夫です。だって今は男の子ですもの！」

ミルレオは、薄い胸を張った。

「駄目だ」

きっぱりすっぱり切られ、薄い胸が萎れた。後は、いくら言っても取り付く島もなかったのである。

激しく視界が揺れる。上へ下へと激しく揺れる生き物に乗っているから当然なのだが、横へも斜めにも前後にも揺れている気がするのは何故だろう。

「ミル、大丈夫か？」

「ひゃい」

今の今まで乗り続けたガウェインの軍馬から下ろされたミルレオは、どっちが天地かも分からぬまま、とりあえず返事に全力を尽くした。

ミルレオは現在、スケーリトンの端に来ていた。近くに用事があったガウェインが、ついでにと視察に来たからだ。カクテルの材料の気持ちを知ったミルレオは、なんとか気合いで復活した。

「お前、馬は苦手なのか？」

「あまり、乗った経験がなく……大勢での移動は馬車で、単独では空を飛びますので」

「あー……」

貴族の令嬢で、更に魔女だ。どちらも納得のいく返答である。ミルレオ自身は、経験が足りず恥じ入るばかりだ。どの分野においても半人前の役立たずである自分が、あれこれ手を出すのは如何なものかと思うものの、出来ることを増やす練習をしなければいつまで経っても出来ないままだ。中々に、悩ましい。

曖昧な返答に変えたガウェインの気遣いに感謝しつつ、視線を彼に揃えた方向へ向ける。そこには、グエッサル軍の陣営と、巨大な亀裂が存在していた。星の核まで見えるのではと思うほど深い亀裂が、西方には存在する。

ここは、鮫の口と呼ばれている。

　東西南北、それぞれの守護地には、魔女が張っている国境壁がある。それは王城から派遣された魔女が張るもので、西方とて例外ではない。ある程度の攻撃を防ぐことが出来る。基本的には、軍の砦を守るように張られている。

　鮫の口は、国境壁より更に西にある、地図上の国境だ。本来はここまでがウイザリテの領地である。しかし、この辺りは地盤が緩く巨大な建物を建設できない理由から、砦と国境壁は奥国境より深くに作られた。現に、年々鮫の口は大きく顎を開いているのだ。ウイザリテ側が欠けているのか、グエッサル側が欠けているのか。はたまた両方か。

　地にぱっくり開いた巨大な亀裂の先がグエッサルである。しかしグエッサルは、常にウイザリテ側で陣を張る。腹立たしい話だ。

　グエッサルの斥候に気付かれない距離を保ち、山の中腹から見下ろす景色は壮観でありながら、グエッサル軍の図々しさに怒りを通り越して呆れる。

「やっぱり、増えてるな……」

「そう、なのですね」

「ああ、元々攪乱させる意味合いもあって増減は頻繁に行われていたんだが、物資も確実に増えているし、全体的に忙しない。これは、来るな」

　グエッサル軍を実際に目にするのは初めてだった。王都にいる魔女達は、戦場からは縁遠い。それにもかかわらず、腕の立つものが多い。政に近い位置にいる存在の方が顔を覚えられる。

尚且つ、防衛を望まれて王都に留められる者も多く、また魔女自身もそれを望む者が多い。

誰だって、戦いが日常の地へ行くより、華やかな地で穏やかに暮らしたい。魔女が所属する学院の卒業後の進路で一番人気は、やはり王城だった。当たり前だが、長年問題視されている現象でもある。

「逃げた偽王女一行の行方も掴めていないのに、面倒な話だよな」

「長く表に出ていない王女の容姿に詳しかったので、それなりに立場のある人間が手引きしたのでしょうね」

「魔女が関わっている以上グエッサルは関係ないはずだが、時期が重なると何でも疑いたくなるから困る」

しかし、それはあり得ないはずだ。大陸において、ウイザリテ以外に魔女は存在しない。ウイザリテが国として建って以降、大陸は逃げられなかった魔女を奪って争い、全て刈り尽くした。戦力として、災いとして。刈って、狩って、焼いた。つまり、魔女はウイザリテ以外では死に絶えたのだ。だからこそ、ウイザリテ以外の軍に魔女が存在しては、ウイザリテから離反者が出たことになる。それは、偽王女どころの話ではない大問題だ。

更に困ったことに、偽王女が現れた際、所在が分からなかった魔女はいなかったのである。

正確にいえば、ミルレオ王女だけ人々の前に姿を現してはいないが、そこは女王から確認のお墨付きがあるので、暗黙の了解だ。それ以外は全員、所在が確認されていた。ならば、偽王女の逃亡を手伝った魔女はどこの誰だ。

ミルレオは、学院には所属せず、全て王城内の魔女による教育で出来上がった魔女だ。だからこそ、所在が人の眼に触れずとも大きな騒ぎにはならない。それに、表立った公務も行っていないのだ。元より外されていたし、そんな自分を受け入れていた。

「……お前、本当に戦場に出る気か？」

どこか困ったように眉尻を下げる人に、ミルレオは首を傾げる。

「僕は魔女ですから」

本来、そこに戦場があるのなら真っ先に飛び出していくべき存在だ。それが魔女だ。そしてミルレオは、王女なのだ。迫害された魔女と共に生きようとした人間が生きる場所として生まれた国。その国を守る為の王族。そのどちらも備えたミルレオが戦場に出る。当たり前の話だ。

「隊長、僕はこの地で初陣を迎えろと送り出されました。僕が魔女である以上、どこかで初陣を迎えます。それは当たり前のことです。そこに不満はありません」

そう、当たり前だ。当たり前のことを、家族以外の人が酷く弱った様子で案じてくれる。こんなに幸せなことがあるだろうか。

「それは当たり前なのですが……ですが今は、初陣を迎えるならこの地がいいと思うんです」

貴方のお役に立ちたいと。魔女である喜びを思い出させてくれた、明るく優しい人達がいるこの地を守る為の戦場に立ちたいと、願うのだ。

しかし何とも言えない表情になってしまったガウェインを見て、はっと気付く。

「す、すみません！　ここが戦場になればいいと思っているわけではなくてっ、その……き」

「消えるな！　分かってる！　消えるな！　いいか、消えるなよ？　どう、どう」

馬というより一触即発の猛獣をあやすかの如く、緊張感ある宥められ方をしてしまった。

「部屋の中でも危ういのに、屋外だと消える危険性が高すぎるな」

ぼやいたガウェインは、苦笑しながらミルレオの頭を掻き回し、はたと動きを止める。

「……遠慮なく触っていたが、これは問題だったか？」

ぼさぼさになった髪を手で簡単に直していたミルレオは、首を傾げた。

「令嬢の頭を掻き回すのは、どう考えても大問題じゃないか？」

確かに、それはそうだろう。しかし、ミルレオは現在ミルだ。令嬢ではない、ただの魔女だ。それに、ミルであってもミルレオであっても、この手を嫌だと思ったことは一度もなかった。ミルレオへの柔らかな温かさを伝えてくれる為だけに伸ばされた手は、とても嬉しい。一つ困っていることがあるとすれば、最近この手に触れられると、喜びと同等かそれ以上の気恥ずかしさに襲われることくらいだ。

大きな手の優しい強さを思い出し、また襲ってきた気恥ずかしさをきゅっと堪える。とても恥ずかしいのに、どうしてだが口元は緩んでしまい、小さく微笑んでしまうのだ。

「僕は、嬉しいです」

「…………前から思っていたんだが、お前かなり危ういよな」

「え!?」

「誰彼構わずそんな顔するもんじゃないぞ」

「そんな顔、ですか。よく分かりませんが、そんなこと隊長以外に言われたことがありませんので、隊長にしかしていないと思います」

「よーし、そういうところだ！　お前の家の情操教育が大変気になるな！」

突如上がった大きな声に、驚いたミルレオは、ぱちりと瞬きをした。王族としての教育以外は、至極真っ当で、極々普通の教育を施されたと思っているが、何か、変だっただろうか。おかしなことをしてしまったのだろうか。不快な思いをさせたのだろうか。急速に自信がなくなり、青褪めていくミルレオに、ガウェインはつきかけていた溜息を慌てて飲みこんだ。

「お前が何かしでかしたわけじゃないさ。……ところで、お前何歳だったか？」

「はい？　十六、です」

「だよなぁ……」

知っていたはずの年齢を尋ねられ、首を傾げたミルレオの前で、ガウェインは何事か考え込んでいる。

「ところで、お前の家は誰が継ぐんだ？　お前だった場合は婿を取るのか？」

現在ミルレオは西方守護伯付き魔女だ。いつまでこの立場でいられるかは分からないが、今後の身の振り方をガウェインが気になるのは守護伯として当然だろう。そう思い、少し考える。

「そう、ですね。私が継ぐ場合はそうなるでしょう。母は婿を取りましたから。けれどまだ、そういった話を両親とはしていません。弟妹も、幼いですし」

次の王は誰となるか。母が口にしたことはない。

姉弟仲がよくて何よりだ。仲良くやれよ。喧嘩してもいいが思いっきりやった後は、食事前に仲直りしろ。一緒に寝るほど仲がよくて何よりだがどうして誘ってくれないんだ淋しいだろう風呂も一緒に入らないか？　そんな風に、豪快に笑うだけだ。ミルレオ自身も、玉座を狙って争い合う未来など想像もつかない。

「ですが、弟ではないかと……皆は思っているようです」

城内には既に派閥が出来ている。一番の候補は、やはり弟のようだ。真面目でしっかりとしていて、大人顔負けに弁が立つ。頭の回転も速く勤勉。幼いながら、王として必要な能力を発揮している。その上、こんな姉を慕ってくれる優しい心まで持っている。

「あの子を跡継ぎにと望む声が一番大きいですし、姉の欲目かもしれませんが、あの子なら立派に務めていけると思います」

「……そうか」

弟が王となるなら、ミルレオはそれでよかった。魔女として、姉として、支えるだけだ。

「けれど、私がそれを望まないと思う方々もいるようで……」

「どうしても、当人を抜きにした派閥が出来るな。俺とトーマスも手を焼いた」

ガウェイン自身も、西方守護伯の任を得るとき、揉めた当事者だ。掲げられた当人達の間では既に決着がついている話も、周囲が納得しなければ収まらないのが何とも厄介だ。

ミルレオは、まだこの件について両親と話し合っていない。弟自身ともだ。まだ幼い彼に、彼らに、決断を迫るのは愚かで惨い話である。

「……あの子達と争うくらいなら、継承権を手放せばいいのかもしれません。けれど、そうするつもりはありません。この権利を手放せば、あの子達の道を塞いでしまいますから」

どれだけ重たくても、ミルレオ自身、王に相応しくないと分かっていても、この立場は捨てられない。もし、もしも弟妹達が他の道を選びたいと願った場合、彼らの自由が無くなってしまうからだ。

「私は恐らく、婿を迎えるのではなく、嫁ぐ形になると思います。顎四つ様とお会いしたのも、相手は誰であれ、元より嫁ぐ形と決まっていたからではないかと。私は家にいても役には立ちませんから。けれどその場合でも、継承権を持ったまま出されるはずです。こんな身でも、直系ですので」

願わくは、どんな形に収まろうとも、弟妹が苦しい思いをしなければいい。王としての力があろうが、母と同じ求心力があろうが、魔女ではなかったとあの子達が責められる事態が起きなければ、最終的にミルレオがどういった形に収まろうが構わない。

「お前は、いい姉だな」

「そう、でしょうか……自信は、ありませんが…………ありがとうございます、隊長。そうあれたらいいと、思います」

　魔女として、王族として役立たずなこの身ではあるが、せめて家族としてはよき娘、よき姉であれたらいいと願うばかりだ。

「しかし、そうか……お前、思っていたよりずっと名家の出だな？　任命状は間違いなく本物だったからそこは疑っていないが、いい加減家名くらいは教えてもらえないか？」

「うっ……！　え、えっと、その、あの、ええと、それが、あの、だ、騙す、つもりは、あの、すみ、すみませ、き」

「消えるな消えるな消えるな！　俺が悪かったから消えるな！」

　目に見えて狼狽えたミルレオの眼が虚ろになり、この場に立って二度目の身投げ用意を感じ取ったガウェインにより、それらは未遂に終わった。

　誤魔化すのは心苦しいが、母の許可なく名乗りを上げるわけにもいかないミルレオは、ほっと胸を撫で下ろす。

「それによって対策が変わるんだがなぁ……」

「え？」

　全身で安堵していたミルレオは、小さな声で呟かれた言葉を聞き逃した。慌てて次の言葉を待つが、ガウェインは笑ってミルレオの頭を掻き回す。

「た、隊長⁉」

「何、お前が女の子だったんなら、可愛い可愛いと思っていてよかったんだなと思ったんだ」

「はい？」

「まあ何だ。大人はな、可愛いの先を考えるもんなんだ」

「可愛いの、先？」

素敵。可憐。愛らしい。その辺りではないだろうか。いや、可憐は可愛いの前だろうか。そもそも可愛いの前後という意味がよく分からない。

「可愛いの感情の出所だ」

「出所……それは、可愛いの前では？」

「はは、そうとも言うな。ただ俺は大人の男だから、可愛いと思った相手との先を考えるもんなんだ。普通はな、そういうもんだ」

やっぱりよく分からなかったが、子ども扱いされたことはよく分かった。何せ大人という単語が二回出てきたのに、二回ともその対象から外されていたのだ。頭を掻き回されて喜んでいる時点で子ども扱いは免れなかったと今更気付いたが、もう遅い。むくれるべきか落ち込むべきか。ミルレオは真剣に悩んだ。

「さーて、守護伯の身分で許してくれる家柄ならいいんだがなぁ」

真剣に悩んでいたミルレオは、今度は意図して潜められたガウェインの呟きを再び聞き逃した事実に、激しく自分を罵った。

役に立ちたいなら、やっぱり呪い持ちは体裁が悪い。力は勿論だが、突っ込まれる部分は少ないほうがいいに決まっている。

そうと決まれば、特訓あるのみだ。ミルレオは解呪に費やす時間を増やそうと、夜も明けきらぬ内に起床し、手持ちの薬草や薬の確認と手入れを終える。これらは魔女の装備なので、日課だ。

王女だった時はここからが長かった。髪、ドレス、爪、化粧、それぞれ違う侍女が取り掛かり、終わる頃には磨き上げられたぴかぴかの王女が出来上がる。中身は朝からぐったりし、外見が磨き上げられた分、精神は摩耗しているが。

その点、ミルは楽なものである。顔を洗い、短い髪が跳ねてないか確認するだけで事足りてしまう。大変なのは隊服を折って折って折るくらいだ。裾を直せばいいのだが、如何せんミルレオは刺繍以外の裁縫をやったことがない。母は手ずから作ったドレスを贈ってくれるというのに。娘としても姉としても役立たずかもしれない。改めて、ミルレオは落ち込んだ。

夜勤と交代の兵士が動き出すにも早い時間、一人で廊下を歩く。そのまま壁から出ても良かったけれど、少し考えたかったのだ。

ガウェインにはその日の内に報告したが、先日の偽王女の一件には魔女が関わっている。その魔女はかなりの手練れだと思われた。

大抵の貴族の屋敷には、魔法探知の陣が張られている。しかし、バリルージャの屋敷にはそれがなかった。誰にも気づかれず破られていたのだ。次いで魔物の強襲だ。進んできたと思われる道に食い荒らされた形跡がないのなら、何者かが食料を与えていたことになる。

オーガ、ゴブリン、トロール。どれも人間を見たら獲物と思って襲ってくる獰猛な魔物だ。幻惑系の魔法もあるが、洗脳や幻術は魔物に効きづらい。彼らの意識が決定的に人間と違うからだろう。

あれだけの数を連れ回し、尚且つ誰にも気づかれずにここまでやってこられた。つまり、あの魔物達は飼い馴らされていたのだ。そんなことが出来るはずはないのに、現に魔物は群れをなして突如姿を現した。

由々しき事態だ。魔物を人が『使う』なんてあってはならない。魔物の数がそのまま軍事力のバランスを崩してしまう。既に母には報告済みだ。先日捕らえたインプは野生のものが使役されていて、放った魔女に繋がる物は何もなかった。使役を解いて逃がしてやった。インプは元々臆病な魔物で、極力人里には関わらない地に生息しているからだ。

ここは、未熟な自分を鍛える為に放り込まれた場所だ。けれど今のミルレオにはそう思えない。何ヶ月も経っていないのに、一から自分を作り直している気分なのだ。

母と比べて嘆息する人も失望する人もいない、王女のしがらみもない。あるのは西方守護伯付き魔女としての責務と、ただミルとしてだけの行動で評価される少年一人。息をするにも評価が付きまとう王宮とは何もかもが違う場所。

これは逃げだろうか。出来損ないな自分が非難されるのは当然なのに、それが重くて逃げ出して楽になっただけなのだろうか。違うと思うのは自分だけなのかもしれない。それでも。

ミルレオはぐっと唇を噛んで顔を上げた。それでも、出来ることはあるはずだ。

「ちょ、っと！」

角から突然誰かが飛び出して立ち塞がった。驚いて胸の前で両手を握り、身構えてしまった。しかしよく見ると、真っ赤な顔をした赤茶色の髪をした少女だ。メイドのお仕着せではない、寝巻きに上着を羽織っただけのサラだった。

「あ、おはようございます」

「畏まらないでくれない!?」

「お、はよう」

「おはよう！」

サラは朝から元気だ。しかし、まだ早いとはいえ人目に触れるには、あまり好ましくない格好である。

「これ！」

　こっちの髪が揺れる勢いで突き出されたのは、昨日ザルークに渡した入浴剤だ。女の子が好みそうな細工の瓶にいれていて、この西方では珍しいのですぐに分かった。

「ありがとう！」

「わざわざ言いに来てくれたんですか。こちらこそありがとうござ……ありがとう」

　もしかしたら気に入らなくてつき返されるのかと思っただけに、嬉しさも一入だ。メイド寮から見える渡廊下を通った姿に気づいて、わざわざ追いかけてきてくれたのだろう。

「良ければまた受け取ってくださ……れたら嬉しいな。幾らでもあるから、いつでも言ってくださいね。人にあげたこともあるんだけど、後で捨てられていて申し訳なくて……いっぱい手元に残っているんだ」

　侍女がいい匂いですねと言ってくれたから嬉しくなって渡した。後日、偶然廊下で談笑している彼女を見つけた。手に持っていたのはミルレオが渡した入浴剤で、まるで汚い物を持つかのように指で挟み、皆で笑っていた。そして、通りすがったゴミ集めの男の袋に放り込んだ。

　王都にはたくさんの職人がいる。その中で素人の作った入浴剤などいらなかったのだろう。

　問題は、その現場を見た現宰相ティオ・ウィガーが激怒したことにある。

　ティオという男は、当時はまだ宰相ではなかったが、高位貴族の嫡男で、ミルレオともそれなりに面識があった。勉強がしたいと、嫡男でありながら跡目を弟に譲り、十年以上他国を回っていた変わり者である。

彼が帰ってきたのは一年ほど前。遊学から帰ってすぐに王宮へ顔を出した男は激怒した。一体どうして王家の威信がこれほどまでに軽んじられている、と。女官がミルレオの入浴剤を捨てた現場を一緒に見てしまったのだ。宥めるのが大変だった。

元々男はひどく優秀で、子どもの頃から不気味がられるほど頭が良かった。二十代の若手でありながら、帰国後は並み居る候補者を押しのけ、押し潰し、ついでに薙ぎ払いと、あっという間に宰相の座に収まってしまった。前任者に甚く気にいられたとか、前任者を痛く脅したとか噂は絶えなかったが、気が付けば宰相の座に落ちついていた。

自身の噂など物ともせず、あっという間に城内を整えていった手腕は見事だったと、母はしみじみ語った。王城内に出入りする人間の顔ぶれも、あの頃を境に大きく変わった。そういえば侍女もくるりと入れ替えがあったなと思い出す。

色々思い出しているついでに、彼が宰相となったばかりの頃ミルレオと廊下で立ち話をしていた際、偶然ばったり会った宰相候補だった大臣が「姫様を誑かし、女王を動かしたか。女王も、不出来な姫の捨て場に困っていただろうからな」と言ったところ、冬を幾重にも塗り固めたかのような瞳と声で「豚が人間の真似事をしたところで、人語を解せてはいないようだ。自分を人間だと思ってしまった豚は、滑稽が過ぎてむしろ気の毒ですね」と言い放った場面まで思い出してしまった。

確かに大臣は大層失礼なことを言った。不出来な娘の扱いに母は困っていただろうが、娘の願いで政の要となる宰相の人選を左右するような人ではない。ティオも、私などの口添えがなくても充分すぎるほどの実力を持っている。そんなこと、大臣達が一番知っているだろうに。

しかし、公衆の面前で豚呼ばわりは如何なものか。

若干恐ろしいことを思い出したが、自分が作った物を受け取ってもらった上に、お礼まで言いに来てくれた優しさがとても嬉しい。嬉しさを隠しきれずににこにこ笑って言えば、何故かサラの顔に激怒が表れた。

何!? 何か変なこと言った!? やっぱり気にいらなかったけどお世辞で言ってくれたのを私が真に受けたから!? 自信のなさには自信がある！

悲観的な方向にはどこまでも貪欲になれるミルレオは、どんどんへこんでいく。一人で勝手に落ち込んでいくミルレオを前に、サラはすぅっと大きく息を吸った。

「あなた、そんなにタダで人に物をあげるなんて馬鹿じゃないの!? これ、絶対お金取れるわよ！ すっごくお肌すべすべになったもの！」

夜遅くまで続いたらしい宴会後の早起きでも、サラの肌の調子は抜群だ。褒めてもらえたと嬉しくなったミルレオの笑顔に苛立ったサラは、瓶を持っていない手を突きつけた。

「幾らでも作れるなら、幾らでも作って、持ってる分も全部あたしに渡しなさい！」

怒声にびっくりしていたら「早く取りに戻れー！」と更なる追い討ちがかかる。慌てて壁をすり抜けたミルレオは、文字通り飛んで帰った。

再びサラの前に降り立ち、気晴らしを兼ね備えた趣味で黙々と作った結果、結構な量になった全てを渡した。彼女はふんっと鼻を鳴らして胸を反った。

「あたしが売り捌いて、これがどれだけ価値があるか目に見える形で証明してやるわ！　覚悟しろ！　ざまあみろ！」

威勢よく吐き捨て、踵を返して走り去ってしまった。反応出来ずに見送ってしまったミルレオは、はたと気づく。部屋まで送るべき、だったような気がする。だが、いま付いていくと怒られる。絶対だ。困り果てた結果、淀みなく走り去っていく勢いある足音に意識を集中させ、部屋まで心で送った。


早朝なのをいいことに、束に作られた庭園を一人占めする。職人が丹誠こめて作った花の中で朝露に濡れて一番芳香を出すのは薔薇だ。

調子を見るために、準備運動を兼ねて簡単な術を使っていく。低い位置を飛び回り、朝露を浮かべて弾く。色と光が種類を増し、まるで硝子細工の中で踊っているようだ。生き物が寝静まった時間独特の雰囲気が溶け込んでいるのか、吸い込む空気まで昼間と違う。ミルは最後に大きく水を跳ね上げ、色取り取りの光を弾いて虹を作った。

ダンスが楽しいと思ったのは昨日が初めてだ。

王女として恥ずかしくないよう、王女として相応しく、どの令嬢よりも優れていて当然である。だって貴女は女王の娘。幾度となく降り注いだ言葉を思い返し、ミルレオは苦笑した。

「中身はこんなにどうしようもないのですよ、大臣殿」

嗜みであるダンス一つ楽しむ余裕のない娘なのだ。次第に表に出されることも少なくなった。女王の恥となる、と。それならそれで構わなかった。今のような催し用の術一つ、人前では成功させられなかったのだから。いくら練習しても、その直前まで成功していても、公の場では失敗ばかりだった。練習では成功するのだから、問題なのは技術ではなかった。だからこそ、それ以上練習しようがなく、改善も見込めなかった。

でも、ここでお飾りとして奥に入れられるのはつらい。あの人の役に立ちたいのだ。拙い魔法一つでわっと喜んでくれたここの人達に報いたい。女王の為でなく、王女としての義務でなく、そう思うのだ。

さらりと流れる感触にはっとなる。長い銀青が風に靡いていた。以前は当たり前でいた感触が妙に感慨深い。呪いは、もしかしたらとても簡単に解けるのかもしれない。

母の怒声はいつも同じ。未熟者とミルレオを叱る。未熟者の魔女、ではない。ミルレオ自身が未熟者だと叱るのだ。あれだけ解呪を失敗した。なのに何でもない術を使った後に呪いが揺らいでいる。

「……ミル？」

静かな声にびくぅと身体が跳ねる。早朝とも呼べない時間はいつの間にか過ぎていても、やっぱりまだ早い。そんな時間に一体誰だと、髪を押さえてあたふた振り返った。

そこにいたのはガウェインだった。隊服ではなく簡素な私服でいつもの剣を差している。

「ああ、いや、驚かせてすまない。鍛錬帰りに偶然見かけただけだ。早いな、お前は」

ほっとして髪を自由に流す。それにしてもガウェインも一体いつ寝ているのだろう。いつも遅くまで部屋に明かりがついているし、朝は早くから鍛錬を終えて仕事をしていた。

「おはようございます」

「ああ、おはよう」

ガウェインは、どこまでも丁寧に腰を折ったミルをまじまじと見下ろした。

当たり前のように伸びてきた手に髪を掬い取られ、ミルレオは動きを止めた。男性に挨拶で手を取られたり、手袋越しに口付けを受けることは数知れなかったが、髪に触れられたのはこの地が初めてだ。

しかし、どうしてだろう。初めて触られた時より、どんどん恥ずかしくなっていく。物凄く気恥ずかしい。居心地は悪いのに、気分は悪くない不思議な気持ちで、行き場のない両手を無意味に絡み合わせる。

「綺麗だな。男が褒められても嬉しくないだろうと思ったが、これを素直に褒められないのは少しきつかった。思わず目を引かれて足を止めてしまったぞ」

「あ、ありがとうございま、す？」

「俺が女を褒めるのは珍しいそうだ。素直に受け取っとけ。お前はほんとに可愛いなぁ。貴族の令嬢はつんつんしてるのしか知らんから、余計にそう思うぞ」

　思ったより間近で言われて、思わず咽せる。

　細い首まで赤くなった様子にガウェインは首を傾げた。

「何だ？　社交界で言われ慣れてるだろう？」

　ガウェインにとっては苦手の一言に尽きる社交の場では、歯が浮く割りに腹の足しにならない麗句が溢れかえっていた。外見家柄所作装飾品出世趣味。よくもまあそんなに褒めるところがあるものだと逆に感心したものだ。ガウェインには、さすが祖父の孫だという今一喜べない褒め言葉だったが。それに、それらは裏を返せば全て貶す箇所になり得る。ガウェインにはいつまで経っても向かない世界だ。

　こんなに綺麗な髪で、ミル自身も見た目はあまり変わらないというからには、可愛らしい少女の姿だろう。そうガウェインは予想を立てていた。性格だって果てしなく自信がない以外は、すれておらず可愛いと純粋に思う。

　それが、下町の子どもだって平気な一言で茹だりあがりそうになっている。しかも見ているこっちが可哀想になるくらい狼狽えて。

「え、や、だ、だって、そんなこと言って頂けたの、は、初めてです……」

「あ？」

「は、恥ずかしい……」

美辞麗句のあしらいを嗜みにしている貴族社会の中でこいつ本当にやっていけてるのか。ガウェインは心の底から心配になった。

「褒められたことくらいあるだろう？」

「お、お母様に似てきたとはよく……けれど、そんな、か、可愛いだなんて、そ、なこと、ない、です」

一方ミルレオは経験したことのない羞恥を持て余し、消え入りそうになっていた。人前で盛大に転んだときより恥ずかしい。余裕がないと余計に慌てて転ぶんだよなと関係ないことで和もうにも、髪がまだガウェインの手の中にある。

鍛錬後で暑いのか、はたまた隊服ではないからか、手袋もしていない素手だ。ごつごつと筋張って硬そうなのに、すらりと長い指で無骨さは感じない。病がちで白く細い父の手とは全く違う。

そうだ。この人は男性なのだ。分かりきっていた事実が、胸の中から噴き出した。分かっていたのに、彼を女性や子どもだと思ったことは一度もないのに、何故だか今、強く感じた。

反応に困ってあたふたしていると、静かな嘆息が聞こえた。呆れられたと今度は青褪めていく。手に取るように分かるミルの反応に、ガウェインは違う違うと笑った。

「姫様にお返しするより先にはどうかとも思ったが、どうにもお前が可愛くて堪らん」

訳が分からず傾げた頭に手が回り、再度首を傾げようとして、ぐっと引き寄せられた。鎧もつけてないのに硬い胸筋で鼻を打った。痛い。

「前に姫様にお会いしたことがあると言ったたな。覚えてるか？」

「は、はい。勿論です」

忘れるわけがない。この人と昔会っていたなんて聞いて、忘れられるはずがない。会ったのは忘れていたけれど。

「あの頃は俺も多少は素直な時期でな。母親が死んで身寄りも無しで、さてどうやって生きていくかと思ったところに実の父親が登場した。引き取ってもらえて、飢えも寒さもない暮らしを与えられて、だったら役に立とうと思うだろ。今の俺は思わんかもしれんが、あの頃の俺はそう思ったわけだ。けどな、そしたら祖父の名が上にいるんだ」

剣術に優れれば流石ハルバート将軍のお孫様。勉学に励めばお爺様のような立派な方になられませ。何をしても何があっても繋がるのは祖父への評価だ。そうして歪んでいったのは父子関係だった。

「どうして、ですか？　お父様も同じご苦労をなさったのでは」

「だからだろうな。親父殿は子どもの目から見ても『とても優秀』な人ではなかったから」

暗愚ではなかった。けれど英雄にもなれない、至って普通の男だった。いつだって父親であるハルバートと比べられ、とっくの昔に呆れられた男だった。

　そんな男が下町の娘との間に作った落胤が、ハルバートの再来と呼ばれる才能を発揮したらどうなるだろう。嫉妬なのか羨望なのかよく分からない中に、唯一の実子である跡取り息子への愛情と父親のプライドが混じり合い、ひたすら混沌とした感情が出来上がった。

「俺が結果を出すと、親父殿はいつも困った顔で誇らしげに俺を褒めるんだ。多分自分でもよく分かってなかったんだろう。俺もどうしていいか分からなかったから、周囲が望むままに祖父のようになろうと努力し、余計に親父殿は捻れていった」


　引き取られて数年、正式な跡取りとして登城する頃には、ガウェインはすっかり参っていた。下町では大人相手にも負け知らずで通っていた悪童。迂遠な言い回しも嫌味も性に合わない。急に独特の貴族だけの世界に慣れろというほうが無理な話だった。

　登城した先で繰り返される宴。そこで繰り返される値踏みと蔑みと、祖父への畏敬の念。地方の豪族と蔑まれてきた西方を、侵略より守った英雄地とした偉大な男。彼のようになれたなら、彼のようであれたなら、誰にも文句なんて言わせないのに。

　自分も、西方も、父に対しても。

　連日続く夜会の疲れがあっても眠れぬ夜が続いた。早く西方に帰りたい。帰ったところで紡がれる言葉や評価に変わりはないが、ここよりマシだ。昨夜も散々当てこすられ、終いには父に向かってお可哀想にと締められた。跡取りの息子が将軍の再来では、貴方はあまりに憐れで立つ瀬がありませんな、と。

目の前で嘲笑された父親は、穏やかに笑っていた。

浅い眠りの中で目を覚ましたガウェインは、今では慣れた絹の寝巻きを脱ぎ捨て、窓から外に出た。廊下を通ってまたうるさく言われるのは面倒だったし、貴族達が空気のように無視している衛兵や侍女にも、誰にも会いたくなかった。

冬に入ろうとしている季節にも花々が咲き誇る庭園は、国の威信と庭師の誇りを懸けた、目を見張るような美しさと芳香を纏っていた。

ぼんやりと庭園を歩いて回った。何も考えたくなかったガウェインには、現を忘れるように咲き乱れる色が心地好かった。闇は駄目だ。うるさい声が止まない。何も考えたくないときこそ闇から離れなければならない。

いま思えば限界だったのだ。誰も気に留めなかったし、自分でも初めての経験で気づかなかったが、慣れぬ生活と必要以上に重い気負いは、少年のガウェインが平然と受け流すには早すぎた。

朝露が花弁を伝って落ちる様を何とはなしに見ていた視界に、光が舞った。驚いて顔を上げれば、円形に作られた花壇の真ん中で少女が楽しげに回っていた。

長い銀青を自由に靡かせ、花壇より多くの色の光を弾いて、一人でくるくる浮いている。光が弾けて銀青を揺らし、幼い少女は、花と水と光を供に笑っていた。

本気で花の精かと思った。よく見ると、花の精はレースとフリルがたっぷりついた寝巻きで、足に至っては靴さえ履いていなかった。汚れていないのは少女が浮いているからだ。

魔女だ。

ガウェインはごくりと唾を飲み込んだ。西方で魔女はとても珍しい。当然魔女による演出やパフォーマンスも見慣れない。代わりに西方では花火職人が多く、技術はウイザリテ一を誇る裏話があるけれど、それはいま関係がなかった。

声を掛けていいものか、しばし迷う。声を掛けた瞬間、少女は消えてしまうかもしれない。呆然と見惚れていたのも束の間、今度は別の意味で唾を飲み込んだ。

あの少女は『誰』だ。

ここは貴人が寝泊りする部屋の庭園だ。ならば集まった何処かの令嬢か。しかし見た覚えがない。あんなに美しい髪と瞳、ガウェインよりも幼いにもかかわらず目を見張るほど愛らしい容貌。きっと注目の的だったはずなのに。同じ年頃の少女達は幾度も見たが、女王を髣髴とさせる少女は一度も見なかった。

確か女王の一人娘があれくらいの年の頃だったはずだ。外見も女王と似ていてとても美しいと聞いたことがある。一度だけ謁見した女王を思い出して照らし合わせる。確かに、似ている。

このまま気づかれない内に去るべきだろう。けれど仮に本当に姫様だとして、一人にしていいのだろうか。それともどこかにこっそり付き人が……いなかった。

悶々と悩んでいたら、少女がガウェインに気がついた。子どもまで腹で何を考えているか分からない貴族独特の笑顔以外思い出せなくなったガウェインに向けて、少女だけが本当に笑って近寄ってきた。

「どなた？」

にこりと微笑まれる。臣下の礼を取るべきか考えている間に少女が勝手に名乗った。

「ミルね、ミルレオってもうします。あなたはどなた？」

やっぱり王女だ。慌てて膝をつく。

「ガウェイン・ウェルズでございます」

「あのね、ミルね、きょうからおかあさまのおべんきょうします」

王女はガウェインの口上を遮って、目をきらきらさせていた。

「たのしみで早おきしました。みな、すばらしいおかあさまをおならいなさいませというから、だからね、ミルね、きょうからそのおべんきょうをします」

稀代の王と呼ばれたレオリカの治世。一人娘は外見もよく似た、魔女。希望に満ちた幼い金紫を見ていられなくて、ガウェインは目を逸らした。彼女なら上手くやっていけるのだろうか。幼いながら見事に魔法を操っている彼女なら。

「……俺は、お爺さまのようにはなれない」

「え？」

いま思うと王女に、しかも自分より随分幼い、とどめに初対面の相手に何を言っているのかと思うが、それくらい限界だったのだ。堪えていた何かが音をたてて切れた。次から次へと溢れ出すのは、憎悪なのか諦めなのか分からない、ひたすらにどす黒い何かだった。

案の定王女はきょとんとしていた。不意に、小さな両手でガウェインの頰を挟み、まじまじと、息がかかるほど近い距離で見つめてくる。

「おじいさまになるのですか？　ガウェインが？」

「……そう、なれなかったんだ。俺は」

「どうして？」

心底分からないと、大きな瞳が言う。

「だって、おじいさまはもういるのに、どうしてガウェインがおじいさまになるの？」

きょとりと王女は言った。

「ガウェインがおじいさまになったら、ガウェインにはだれがなるの？　おじいさま？」

迂遠な物言いでも腹に何かを含んでいるでもなく、ミルレオが発したのは純粋な疑問だった。

小さな口をぽかんと開けるミルを見ながら、そういえば王女も自分をミルと言っていたなと懐かしく思い出した。

あれから一度も拝謁叶わない姫様。

大きすぎる女王の威信に苦労されている噂ばかりが耳に届く。あの時、自分のしがらみを不思議そうに消し飛ばした小さな小さな愛らしい花の精。いつかきっとご恩をお返ししようと誓った。他の誰かが彼女を詰っても、本当に何の力がなくても、決して裏切ることなく生涯お仕えしようと心に決めて此処まできた。

そうして目の前に現れたのは、どこもかしこもちまっとした少年。記憶の中の姫様を髣髴とさせる色合いが、小動物を思い出させる様子でちまちま動いていたら、どうしたって気になる。些細な物事に大仰に驚き、真面目で素直で努力家だったら、気に入らない理由がない。

姫様と似た境遇で、根こそぎ奪われた自信が憐れでならなかった。姫様も、ミルも、どうして彼らを育む親世代からの『忠臣』は、いつの時代も阿呆ばかりなのだろう。親世代に惚れぬく代わりに、全く違う存在である子どもの寸分の狂いも許せないなどと、どうして言えるのだ。

「そ……な、こと、言ったん、です、か？」

ミルレオは、止まらない身体の震えを持て余した。どうして震えが止まらないのか分からない。どうして震えるのかすらも。

「仰った。俺は、救われた」

深いエメラルド色の瞳に映った自分の姿を見て、ミルレオは叫んだ。

「忘れてください！」

「なぜだ？」

怒りもせず穏やかに応えるガウェインから距離を取りたかった。こんな優しい腕に慰められるのは耐えられない。必死にもがくのに、優しい声音とは対照的に、腕はびくともしなかった。

強い人。周りの評価に惑わされぬ強さを身につけた瞳の中に映った、酷く情けない顔をして惑う自分の顔。なんて情けない。泣き出すなんて、本当に、なんで。

ミルレオは、悲しくもないのに溢れる涙を止められなかった。これは悲しみでも嘆きでもない。怒りだ。

「貴方の苦しさを何一つ理解しないで、知りもしないで、思ったことをただ口にしただけの言葉です。自分がそうなったらあっという間に沈んで、自分の言葉も、忘れてっ……！　お母様のようになれなくても、せめて皆に呆れられない者にならなければならなかったのに、そうなれなくて、だったら傷つく方が悪いのに、出来ない私が悪いのに、いつまで経っても傷ついて！　隊長のように立派に責務を果たすどころか、恥だからと奥に隠されたらそのままで、出来ない自分が当たり前で、なのに恥ずかしくて、役に立てないならせめて邪魔にはなりたくないのに、ずっと未熟で、どうしたらいいか、分からなくて」

いつまでもいつまでも、些細な言葉で傷ついた。彼らは事実を言っているだけだったのに、指摘されて傷ついて、そんな自分が情けなくて堪らなかった。

しがみついて泣くことを、ミルレオは知らない。泣くこと自体、戒めてきた、泣いて自分を憐れむのが嫌で、涙で許しを請うのも、傷ついたと相手に知らしめるのも嫌だった。

自分の服を握りしめたままの手を、ガウェインが柔く解いて絡め取る。はっと顔を上げると同時に涙が散った。ガウェインが、息を呑んだ気がした。

「お前は優しいんだ。俺は腹立たしかったぞ。そいつらに殴りかかったこともあったなぁ。当然勝ったが」

腹を立てればよかったのだろうか。でも、ミルレオは誰に腹を立てればいいかも分からなかった。悪いのは彼らを失望させる自分で、母を悲しませた役立たずだ。

「私、お母様が、大好きなんです」

「ああ、俺も親父殿が好きだった」

「お母様に、褒められたくて」

「俺もだ。親父殿に褒められると嬉しかった」

「あんな顔、させたくなかったのに」

母は、自分の影響で娘が苦しんでいるのを知っていた。だが表立って擁護できる立場ではない。そうしてしまうと、女王は娘に甘いと、結局貶めるのはミルレオの立場だ。

公式の場で失敗した娘に嘆息し、冷たく突き放した後、唇を噛み切るほど苦しんでいたのを知っている。母を苦しめているとの思いが、余計にミルレオを焦らせた。

「私の、所為で、お母様、悲しませて」

溢れた涙で息も出来ない。

何年も何年も滞ってきた感情が決壊したら、最早自分の意志では止められない。ガウェインも止めない。それどころか更に強く抱きしめて、二人の身体は隙間なく密着した。人の体温は涙に効く。弟妹が泣いていると抱き上げて慰めたミルレオはそれを知っていたけれど、自分が人にしてもらった記憶は遠い昔だ。

「お前の母親になれと強要する阿呆共の言うことは聞かんでいい。本人になったら成り代わりだろうが。魔女の掟で成り代わりは大罪だったよなぁ。お前はお前でいいんだよ。月並みだがな。逆に、ああなられたら、俺を含めて西方守護軍は泣くぞ。本気で」

ガウェインは勿論、ジョン達が泣く姿を、ミルレオは欠片も想像できない。だが、泣いてほしいわけでは決してないので、あえて問いはしなかった。

「腹の底から謝りたくなるあの怒声を、お前みたいにちまっとした生き物に発せられた日には、もう何も信じられない上に立ち直れないぞ、俺は。それに、俺は魔女について詳しくない西方の出だから何とも言えんが。お前、普通に魔法使うときと解呪するとき、違わないか？　お前がいとも簡単に放つ術式は、緻密すぎるほど精密な陣だったのに対し、解呪を望む際に浮かべたのはいつものとは違う、大輪の華みたいだったぞ」

ガウェインの言葉に返答できない。嗚咽を嚙み殺すのに凄まじい労力が掛かったからだ。

「お母様の、術に、私の、術式じゃ」

「違うんじゃないか？　お前の術じゃないと解けないのかもしれないぞ。『それ』に気づく事が、本当の『解呪』のように俺は思う。いいか、母親のようになれという周囲の押し付けは既に呪いだ。お前が解くべきは母親からの呪いじゃない。そっちを解かない限り、お前の呪いは絶対に解けない」

役立たず役立たず。粗悪な模造品。

繰り返し、繰り返し、そんなに事実を確認してくれなくても分かってる。私はお母様の外見と魔女の血だけを受け継いだ、似ているだけの粗悪品。何をしてもお母様になれない役立たずの王女。分かっている。分かっているのに、どうしていつまでも傷つくのだろう。

ガウェインは言う。お母様になるな、と。いつもは鋭い目つきが穏やかにミルレオを見下ろしている。優しく微笑む顔が間近にあるのに、涙が厚く膜を張ってよく見えない。長い指がミルレオの手を取り、黒い指輪をなぞった。

「俺達とここで過ごしたのはお前だろう？　お前の母親が俺付きの魔女になるんだったら、俺は全力でお断りだ。いいか、俺達はお前がいいんだ。ここにお前の母親が来ても、それはあくまでお前の母だ。俺達の基準はお前だ、ミル。西方守護伯付き魔女ミル・ヴァリテ。お前の職場の誰一人、お前がお前の母親になることは求めていないぞ」

　十年以上刷り込まれてきた『常識』を、ガウェインは真っ向から否定した。そして、最初に否定したのは過去のミルレオだ。今のミルレオがすっかり忘れてしまったあの日のミルレオ。彼女が思った『不思議』なこと。ミルレオがレオリカになったら、誰がミルレオになるのだろう。父と母が名付けてくれた娘、ガイアとリアの姉は、一体どこに。

「北に銀雨、東に緑華、西に雪彩、南に陽音」

洟をすすり何とか声を絞り出す。解呪の言霊は後半のみだ。これは初めて習った言霊で、ウイザリテ創立者が魔女を称えた言である。ウイザリテの魔女はここぞという時使う。ざわりと身が粟立つのが分かる。怒声に身構えて萎む言葉を支えるように、肩を抱く力が強くなった。

　ミルレオの術式は緻密すぎるとよく言われる。恐らく、国で一番。無駄に練るならレオリカ女王のように華やかな式にしろと言われ続けてきた。けれど心配性な自分は、どうやっても細かく紡いだ陣しか組めなかった。

　緻密に緻密に、それ自体が芸術品のように練り上げられ、触れれば壊れそうな儚い結晶のような陣。これがミルレオの、ミルレオだけの陣だ。

　内に馴染んだ呪いが全身を覆う。しかし、浮かび上がってくると思われた顎は、大人しく身の内に留まっていた。

　長い銀青が風に従って靡く感触を感じながら、ミルレオを思い出す。ミルより全体的に柔らかく丸みがある、痩せっぽっちの細さとは違う華奢な細さ。侍女に磨き上げられて光る、透き通った白い肌と爪。清純と評された顔に、あるわねぇと母に妙な感心をされた胸。小動物を思わせた手足はしなやかに伸び、唇は淡い春の色。

「我が身に宿りし呪いを退けろ！」

一際増した光にガウェインは目を瞑る。閉じて尚、目を焼いた光を持て余す。これほど強い光なのに痛みを伴わない不思議さに翻弄されつつ、ようやく薄目を開けた。同時に、震える長い睫毛に覆われた、透き通るような金紫がゆっくりと開く。

ガウェインは腕に抱いている感触が全く違うことに気づいていた。ただ細かった身体が華奢さと柔らかみを帯び、いつもの香りが一段階上がった気がする。少し身長が高いのはヒールの所為か、けれど明らかに等身の比重が違う。思わず舌打ちした。

ミルを信じていたのに嘘をつかれた。何が大して変わらないだ、嘘つけ！

腕の中にいるのはちまっとした小動物ではない。少女と女の均衡の中にいる危うさとしなやかさを併せ持った、秘宝のような美しさを持った娘だ。

唖然としたガウェインの腕が緩まったのにも気づかず、ミルレオは自らの両手をまじまじと見下ろした。眼下に映る景色はミルレオが最後に見た景色だ。

首から胸元にかけてきちりと閉じられた、軍服のような堅苦しさと装飾。しかし足元は襞とレースを組み合わせ、たっぷりとした布で構成されたスカート。濃紺の生地が、磨かれたような光沢を発して朝日を弾いていた。

「もど、った？」

声が高い。ミルも全く低くなかったけれど質が違う。水を思い出す涼しげで風のように流れる声。ガウェインは必死に記憶の中のミルの声と照合して挫折した。男と女だ。同じはずがない。ミルであることが重要だと言った自分が形を探してどうする。

ガウェインの努力には気付かず、ミルレオはじっと自身を見下ろしていた。

「戻った……」

ミルレオは呆然と両手を見下ろしている。しばし待っても変わらない体勢に痺れを切らしたガウェインは、少し躊躇いながらそっと『彼女』の顔を上げさせる。美しい、以外の言葉が出ないはずなのに、口は勝手に違う言葉を放っていた。

「……どこかで見た顔だな」

弟が描いた物だからと後で返却したあの——……びくりとミルの身体が揺れて、泣きじゃくった顔が凄まじい勢いで下を向いた。

「へ、変ですよね。私、酷い顔をしていると思うので、その……笑って頂いて結構です」

「いや、変というか、つい最近どこかで」

言い淀むガウェインの様子に、ミルレオははっと気づいた。白い頬がみるみる青褪めていく。

「あ、あの、女の私ではお傍に置いては頂けないのでしょうか」

男所帯の軍の中でこの格好は問題があるのか。そうしたら帰されるのだろうか。ミルレオは自分の中で思考が絡まっていくのを感じた。

何の問題がある？　元々、呪いを解けと放り込まれた場所だ。役立たずでも政略結婚くらいなら使い道のある年齢と性別。顎様との結婚はなくなっても、いつかは、そんな形でも役に立てるはずだ。だったら帰るべきだ。それが王族としての務めで、ずっと願っていたではないか。お母様の役に立ちたいと。

それなのにミルレオは足元が崩れていく感覚がした。元々存在しなかった『ミル』が死ぬだけだ。二度とガウェインに頭をぐしゃぐしゃにされることも、トーマスがお菓子をくれることも、ジョン達に娼館に連れて行かれることも、ザルークにデコピンされることも、サラに怒られることもなくなるだけだ。全てミルレオが得るはずがなかったものだ。それを失ってもミルレオは何も失くさない、のに。

溢れ出た涙を、両手で無理矢理押し止める。強く擦る手をガウェインはやんわりと阻んだ。

「お前は泣き出すと止まらんな」

声音に苦笑が混じっていて、急に恥ずかしくなった。彼の前で幾度も泣いてしまった自分を思い出したからだ。慌てて顔を上げた拍子にも、ぼろりと涙が落ちて余計に焦る。

「ち、違うんです！　私、王宮では泣いたりなんか、本当ですよ!?　ずっと、何年も泣いてなんか！」

「こんなに泣き虫なのにか？　よく耐えられたな」

　しみじみ感心して告げられた言葉に浮かび上がった感情は、深い諦念だった。

「私は、傷つくなんてしてはいけないんです。私が出来ないからお母様を苦しめて、皆が言うのは本当のことで。事実を言われて傷つくなんて」

　急に失われたミルレオの表情。その上を、涙が一筋流れ落ちた。

「役に立てないのなら、せめて、傷つかない強さを得なければ」

　長い間自分に課してきた言葉を言い切る前に、何かが唇を塞いだ。

　最初は泣き言なんかを聞かせてしまったから怒っているのかと思った。だったら手を使うなり言葉で遮るなり、足で去っていけば事足りる。

　それなのに、瞳の中が確認できるほど近い。私がいる。

　目を閉じる所作にも気づかず、ミルレオはただガウェインの瞳を見つめた。一度離れたときも、じっと瞳だけを見ていた。だから気づかなかった。

　腰に手が回り、胸と胸が触れ合うほど強く抱き寄せられたことも、再び唇が重なったことも。

　深まっていく口付けにびくっと身体を震わせると、宥めるように優しい手が髪を梳いた。すぐに意識は口付けと瞳の中に奪われていく。

私がいる。これはミル？　ミルレオ？　姿はミルレオ、でも隊長が触れているのはミルで。私がいる。隊長の瞳の中に、私が。私が、いる。

「泣き止んだな」

　ふっと笑ったガウェインの瞳が突如鋭くなった。

「まずい……ミル、解呪の後でもあの姿を取れるか!?　男のほうだ！」

　背後を振り向きながら矢継ぎ早に確認され、ミルレオは慌てて変化の陣を組んだ。呪いの土台を思い出しながら作り上げた陣は、大した苦労もなくちまっとした少年を作り上げた。

　訳が分からずきょとんとしていると、屋内から誰かが駆けてくるのが分かった。血相を変えた様子に何かあったのかと身を硬くしたのに対し、ガウェインは忌々しげに舌打ちした。

「くそっ、もう気づきやがった」

「隊長？」

　さっと後ろに回され、視界が背中に遮られる前にちらっと見えたのは、昨日舞台で色々投げつけられていた人だ。癖毛なのか、波打った特徴的な金髪を振り乱し、血走った目で叫ぶ。

「女！　美女、いや、美少女の気配がした！」

「朝っぱらから何を寝ぼけてやがる。とっとと消えろ」

　対するガウェインの声は非常に冷たい。真夏に生鮮食品を冷やすのに良さそうな温度だ。

「あ、あの、隊長？」

「あ、馬鹿、出てくるな！」

背中からちょこんと顔を出したミルレオの手は、瞬時に青年に掴まれた。絶妙な力加減で、ガウェインの背後からするりと引きずり出される。

「美少女ぉお！」

「男ですぅう！」

ミルレオの本能がそう言えと叫んだ。何が何だか分からないままに身体がくるりと回り、再び視界がガウェインの背中になった。目が回ってくらくらする。

「キルヴィックてめぇ……初の西方守護伯付き魔女を、まさか下らん理由で失わせるなんてしてみろ。物理的に飛ばすぞ、首を」

青年はまるで匂いを嗅ぐように鼻を鳴らし、愕然と目を見開いた。

「何でだガウェイン！　男の臭いしかしねぇぞ！」

「本人がそう言ってるだろうが！」

「そんな馬鹿な！　あの馨しい美少女の匂いは確かにここから漂ってきてたのに！」

勢いのあまり胸倉を掴んできた青年を鬱陶しいの一言で引っぺがしたガウェインは、背中を掴んできた弱々しい手に慌てて首を回した。

「私、そんな、屋敷内にまで届くような悪臭を……？」

衝撃で眩暈を起こしたミルレオを支えたガウェインは、苛立たしげにキルヴィックを睨んだ。

「くそっ……一応これでも西方守護第二軍を預かる阿呆キルヴィック・ザンだ。以後見知り置け、以上だ！」

「あ、あの、隊長付きの魔女でミル・ヴァリテと申しまっ⁉」

ガウェインに捨て置かれ地面と仲良くしていたキルヴィックに、弾かれるように肩を摑まれたミルレオは、全身を強張らせた。目を吊り上げて引き剝がしに掛かったガウェインを構わず、キルヴィックは命の危機に瀕しているかのように詰め寄ってくる。

「やあ君が我等西方念願の魔女か宜しく俺は西方守護第二軍団長キルヴィック好きに呼んでねそれでもって今ここに美少女いたよねどうして影も形もなくなったんだいああ分かってるよガウェインが誰にも見せたくなくて一人占めしたくて隠しちゃったんだよね自分は絶対いちゃいちゃしてたくせにそういう心の狭い奴なんだよ」

「お前は少し黙ってろ！」

息継ぎのない台詞の奔流より、ただ一言がミルレオに衝撃を与えた。

「……いちゃ、い…………」

爆発したように真っ赤になったミルレオは、意味はないと分かっていながら両手で口元を隠す。今、ここで、隊長とキスをした！　私、隊長と⁉　私が⁉

混乱した思考がぐるりと回り、全く嫌でなかったどころか温かくなった胸を自覚する。そもそもがおかしかったのだ。触れられても嫌悪を覚えず、両親に抱かれたかのような安堵を感じた。喜びを覚え、尚且つもっと自分を見てほしいとすら思った。彼に感じた尊敬と憧れがどこから成り立っていたのか。よく考えれば簡単だ。よく考えなかったので分からなかっただけだ。

　どう考えても、これは、恋である。

　今、ここで、隊長を好きと自覚した。私が、隊長を。私が。その相手と既にキスを済ませた事実は、恋を自覚したばかりのミルレオには激しすぎた。

　耳まで赤く染め、羞恥に潤んだ瞳で救いを求めるように見つめられた男達は動きを止めた。

「っ――可愛い！　なんで!?　なあガウェイン！　知っての通り俺は男なんて滅びろってくらい女性大好きなのに、男なのにこの可愛い生き物なに!?　種族性別ミル・ヴァリテ!?」

「そうだ！　だから絶対に手は出すな！　これは種族性別ミル・ヴァリテだ！」

「新生物にしないでくださいぃ！」

　真っ赤になりながら叫んで、ミルは気づいた。西方に来てからは毎日のように何かしら大声を出す機会がある。良くも悪くも。

　泣くのをやめてから、怒鳴ったり、悲鳴を上げたり、大声で喜んだりもしなくなっていた。それなのに、ここでは毎日忙しない。傷つかない強さを得ようと止まっていた感情が、毎日大騒ぎする。それなのに、心はちっとも疲れない。

　目の前では大の男二人が怒鳴りあっている。ガウェインまで子どもっぽくなっていて、思わず笑ってしまった。くすくす笑うミルレオに気づいた二人は、新種、新生物とそれぞれ呟いた。

ガウェインとキルヴィックの間を行ったり来たりと、くるくる回る視界の一瞬に、城内から誰かが駆け出してくるのが見えた。二人も動きを止める。

飛び出してきたのはジョンだった。朝なのに隊服をきちんと着込んだジョンは、ミルレオ達の姿を見つけるや否や、血相を変えて怒鳴った。

「閣下！　国境に魔物とグエッサルの大群だ！」

二人はそれまでの戯れが嘘のように形相を変えた。

「状況は！」

いつでも豪快に笑っていたジョンが笑っていない。それだけで事態が深刻なのだと分かった。国境には巨大で屈強な防御壁が張り巡らされている。常に有利な立ち位置から戦えるようにだ。そこには三ヶ月に一度王宮から魔女が派遣されて結界を張っている。ちょっとやそっとでは壊れないように。先日も、ガウェインに連れられて、ミルレオも確認した。張り直されたばかりの防御壁は、問題なく機能していた。

「……国境壁の結界が保たん可能性がある。閣下、グエッサルに魔女がいるぞ」

ジョンは、ミルレオが初めて聞く声で淡々と言った。

西方守護伯付き魔女の初陣

　ガウェインの反応は早かった。すぐに緊急時用に配備されている水鏡から王宮に連絡を飛ばし、自分は親衛隊を根こそぎ連れて国境へと駆けた。軍馬で駆け続けて半日と半刻。日が赤く染まる頃には、国境壁へと辿りついた。

　砦に嵌まった壁と表現される、王宮に認められた魔女達が張った完璧な結界が、同じ魔女の目を持つミルレオには視える。幾度も張りなおされ、度重なる進軍に耐えてきた結界。破られたのは一度きり、二十年も前の話だ。

　あの悪夢が、再来しようとしていた。

　色めき立つ兵士達は、投擲台の横に集結した面々を見て慌てて敬礼を取った。誰もそれに応える余裕がない。食い入るように遥か地上を見ていた。

「何だ、これは」

　言葉を零したのは物静かなヴァナージュだった。他の面々は愕然として声もない。視界に広がる限り敵兵がいる。奥で虫のように蠢いているのが人間だ。ならば手前を埋め尽くすあれは。

「魔物っ……！」

　人のように二本足でありながら、人とは決定的に違う生き物の群れ。

その上空に立つ人影が全部で二十弱。この世で空を飛べる生き物は、鳥と、魔女だけだ。

魔女はウイザリテに収まっている。辿りつけなかった者は既に刈り尽くされ、死に絶えたはずだ。それでも残っていたのか。魔女の楽園に属さない魔女が。それらがグエッサルについたというのか。かつて魔女が望み、夢を見、迫害の末に見つけた楽園を、魔女が壊そうと。

ミルレオの中に明確な感情が湧き上がった。爆発的で凶暴な、怒りだ。

ふざけるな。ここはウイザリテだ。

迫害を受けて尚、生きることを諦めなかった魔女と、故国を捨てても魔女と共に生きようとした人間の国。吹けば飛ぶような脆い土台で、世界中から生を否定され、それでも彼らは国を創った。

建国七百年。意志継ぐ末裔として、この地に生きる民として、この国を壊させるわけにはいかない。ウイザリテの未来を、よりにもよって魔女が阻むなど、許せよう筈もない。

ミルレオは魔女だ。かつて彼らが望んだ『生きることを許される場所』を守る責務を負って生まれてきた。ミルレオは王族だ。民守り、国守り、歴史を紡ぐ義務を刻んで生きてきた。

ここは誇り高き魔女の国。魔女が守護するのは自身ではない。ウイザリテの全てだ。

ガウェインはすぐに立ち直った。国境壁の防衛責任者の顎鬚逞しい男を向き直る。

「王宮からの返答は」

「は！　明日には王宮付き魔女が到着、三日後に王軍到着とのことであります！」

「明日……士気が低いな」

戦い慣れているはずの兵士達が青褪めている。魔物の大群など初めて見るのだから当然といえば当然だ。しかし、士気が低い戦は必ず負ける。第一軍団長ヴァナージュ、第二軍団長キルヴィック、親衛隊班長ジョン。他の団も軍団長だけなら士気の有無に囚われない。だが、兵士は別だ。どうしたって士気の高さに左右される。

「投擲確認！　総員衝撃に備えろ――！」

見張り台の兵士が声を嗄らす。空を埋め尽くさんばかりの火矢と石が国境壁に降り注ぐ。全てを防いだ結界が揺れたのを見計らい、魔女の業火が視界を覆う。咄嗟に両手で顔を守る。結界が生きている内は被害はないけれど、熱さは届く。ちりちりと焦げるような熱が頬を焼いた。

魔女がいない西方軍に、他国が魔女で仕掛けてくる滑稽さを、笑える人間はいなかった。魔女はウイザリテの専売特許だった。魔法が自分達を向いたことなどない。兵士の衝撃は当然だ。ガウェインでさえ、顔に出さないだけで動揺は避けられない。軍団長達もそうだろう。

食い入るようにグエッサルの魔女を見つめているミルを、ガウェインはちらりと見下ろした。

駄目だ。呪いを解き、ミルに自信がついてからにしたほうがいいかと、魔女の存在を大々的に知らせていなかったことが仇となった。今更、魔女が付いたと言っても兵の士気は上がらない。西方唯一の魔女は、今でさえなければ西方の希望と成っただろう。しかし、この状況下では一人の新米魔女が現れても兵の救いにはならない。むしろ、絶望となる。グエッサルの魔女軍団に対し、自分達の下にいるのは小さな魔女一人だけか、と。

突如ミルレオの頭上に菱形の術式が現れた。すわ敵の攻撃かと身構えた周囲を、ミルレオは手で制する。

「母の、水鏡です」

繋がったのは声だけだ。緊急だからか、こちらへの配慮か。どちらにせよ、人目を憚らず強制的に繋げてきたのは、覚悟を決めろということだ。

『ミル、こちらでダグラス・リューバーを捕らえたわ。偽姫の外見に詳しすぎるとの報告ありがとう。おかげで狙いが絞りやすかったわ。何せ、最近を知っている人間は限られているからね』

ダグラス・リューバー大臣。ティオが宰相に就任する際、薙ぎ払われた候補者の一人であり、後に豚呼ばわりされたその人である。

『リューバーが白状しました。グエッサルに情報を提供し、西方各地で偽王女による混乱を起こして兵を散らした上で、誘き出した守護伯にグエッサルの魔女が魔物の群れをぶつけるつもりだったとか。まあ、偽王女の確認に来て魔物の群れと戦う用意なんて普通はしないものね』

「……アルゴの下にいた偽者が、グエッサルの魔女だったのでしょうか」

『逃走の仕方を見てもその可能性が高いでしょう。アルゴは反ガウェイン派で名高い人物だし、王女が来てもガウェインを弾こうとするわ。だから要となる魔女も、最初はアルゴのような人間から回っていたのでしょうけど、あなたが……ふふ、女装、女装して同伴してしまうわ、早々に偽者と判じるわ、慌てて突入させた秘蔵の魔物を壊滅させてしまうわで、予定が狂ったと憤慨していたわよ』

　生まれてこの方、これほどの怒りを感じたことがあるだろうか。役立たずな所為でその名が利用され王家の威信に傷をつける道具にされたあの時より、余程強い怒りが沸き上がる。

「……それで、西方が落ちたら、どうするつもりだったのですか」

『自分が統治する約定を交わしていたそうよ。閉ざされたウイザリテは情報が少なく、とてもではないが制御できないから、国内情勢に長けた現地の人間を領主に据えるつもりだと』

　馬鹿馬鹿しい話だ。本当に、なんて馬鹿げた話だろう。黙って聞いていたガウェインも嘲笑に近い息を吐き、母も深い溜息を吐いたようだ。

『グエッサルがそんなに甘い訳がない。よしんば約定通り領主になれたとしても、理由をつけて殺されて終いでしょうに。都合の悪い可能性は見ない振りをする。リューバーの悪い癖なのよ。だから宰相にはなれなかったと、最後まで気が付かなかった』

　西は魔女がいない。しかし豪族が幅を利かせている。それも、戦い慣れた豪族が、だ。現に、大軍の力任せの進軍もハルバート将軍に打ち破られている。敵からすれば魔女を相手取るより厄介と判断され、この二十年、大きな戦をしていなかった。

『人外の化け物』に負けるのと、同じ人間に敗れるのでは大きな違いがある。西への進軍が敗戦に終わった結果、彼らに齎される影響は、兵の士気では止まらず国民全体にも及ぶだろう。

人間に負け続けたグエッサルは、魔女と魔物を使って、ガウェインを殺そうとした。背後に避難が完了していない街があるのなら、ガウェインが退けないと見越して。

ウイザリテが、魔女に打ち破られる。そんな侮辱と屈辱があろうか。ガウェインが、魔女と魔物に殺される。そんな、許せないなんて言葉では言い表せないほどの怒りがあろうか。

「お母様、呪い解けました。隊長の、ガウェイン様のおかげです」

『そう』

「ありがとうございます、お母様。私に、私の世界をくださったのですね」

『与えて、そして奪うのだけれど』

ミルレオは、見えないと分かっていても首を振った。

「いいえ。いいえ、お母様」

世界なら最初から貰っていた。ミルレオの名を貰った時から、この世に生まれたその瞬間から。それに気づかず、他者の世界に縋ったのは自分だ。ミルを失ってもミルレオがいるならミルは消えない。今はそれでいいのだ。

母がくれて、ガウェインが気づかせてくれた世界があるなら、ミルレオは。私は。

「お母様から頂いた服が破れてしまうかもしれません。ごめんなさい」

『そんな物いくらでも縫ってあげるわよ。……そうね、一年あれば……かろうじて』

いえ二年？　小さく聞こえた気がする。きっと気のせいだろう。

レオリカはふっと笑った。

『大丈夫よ。あなたにはちゃんと服があるでしょう？』

何を指しての言葉か分かるミルレオも微笑んだ。深い黒の軍服を折り込んで折り込んで、分かれた上着の裾は風に靡く。右手の中指には、失うかもしれない世界の証。黒い指輪はガウェインのようで、とっても好きだった。

『ミル、初陣ね。助言なんて、実はないの。言いたかっただけ。いってらっしゃいって』

怪我をしないで、死んでは駄目よ。きっと言いたかったのはそんな言葉。けれど母は飲み込んだ。音として伝えられなくても、分かっていれば充分だ。心の中でそう言ってくれたのだと信じられるほどに、両親はちゃんとミルレオを愛してくれた。何に惑ったとしても、それだけは間違ったりしない。

ミルレオは愛されていた。そして今なお、愛されているのだ。

これは女王との謁見ではない。ならば、ミルレオが言うべきことは一つだけだ。

「いってきます」

私は私の世界を連れて、世界の果てで戦います。

兵はいつでも出陣する準備が整っている。いつまでも結界へ攻撃をさせるわけにはいかない。

受ければ受けるほど消耗するのは人も術も同じだ。第一軍団から第十三軍団まで、乱れなく整列したまま守護伯の命令を待っている。なのにいつまで経っても守護伯は姿を現さない。軍団長であり側近のヴァナージュ、キルヴィックも事情を聞かされていない。親衛隊班長であるジョンだけでなく、腹心であるトーマスさえもだ。

　猛攻を受ける爆音が響く中、兵士達は命令を待った。偶に衝撃で破片が落ちてくるのを不安げに見上げつつも、誰も文句は言わない。彼らは守護伯に確かな信頼を持っていた。確実な命令、癒着なき人事、誇りある采配、傲慢なき言動。共に泥を跳ねながら戦場を駆ける若当主を、魔女がいない軍人だけの西方守護軍が慕わぬはずがなかった。

　不安げに視線を揺らしながらも、彼らはじっと待った。

　守護伯は、小柄な少年を連れて近くの部屋に籠もっていた。

物置に使われている部屋は小さく、雑多に詰まれた荷物が溢れている。少し埃っぽく土臭い荷のどれにも座ろうとせず、ガウェインは引っ張り込んだミルレオをじっと見ていた。

「……ミル・ヴァリテ。お前は誰だ？」

　ミルの母との会話。大臣を捕らえたなど重要な情報を事も無げに言ってのける『女』。

　女性高官は少なく、そのどれも年嵩の者が多いはずだ。なのにミルの母の声は若かった。どう聞いても五十、六十代には聞こえない。そしてミルは散々母親に似ていると褒められている。

銀青に金紫の若く美しい、母親。条件に当て嵌まる者は極端に少ない。

　ミルレオはぐっと息を飲み込み、深く吐いた。いま自分が守らなければならないものは何か。保身ではないはずだ。自身の保身も、気付いたばかりの恋も、いま優先させるべき事柄ではない。優先事項を履き違えるなと自分に言い聞かせる。

　無言で変化を解く。頭の天辺から引っ張られるように、重心は中心に、顎を僅かに引く。自らの立ち位置を意識し続けろ。教育係に耳がタコになるほど言われた姿勢。

　光沢のある濃紺のドレスの裾を持ち、ミルレオは深く頭を下げた。

「ミルレオ・リーテ・ウイザリテでございます」

　王女として名乗るのにこの礼はおかしい。守護伯はあくまで伯爵だ。伯爵に頭を下げる王女は相応しくない。けれど。無言で膝をつこうとしたガウェインを制する。

「でも、ミルなんです。ミルもミルレオも私です、隊長」

　先に膝をついたのはミルレオだった。

「ですから、上官である貴方に名を偽った事、私は赦しを請わねばなりません。隊長、如何様にも罰を受けます。ですがどうか、戦の後に」

　深く下げられた頭から揺れるのは長い銀青。俯いて見えない顔は、『ミル』の弟が描いたという『ミルレオ王女』。偽王女が分かったのは当たり前だ。当人がここにいるのに『姫様』が現れて酷く驚いただろう。

ガウェインは何かを言おうとした。けれど何を言いたいのか自分でも分からなかった。戦場で迷いは命取り以外の何物でもない。迷いを蹴飛ばして生き延びてきたガウェインを酷く惑わす当人は、じっと沙汰を待っている。風も無いのに髪が光を弾いて揺れていると気づく。華奢な肩が小刻みに揺れていた。

これは『ミル』だ。かちりと何かが嵌まるように摺り合わせが完了した途端、急に力が抜けた。

「顔を上げてくれ。話も出来ん」

『いつもの』口調に、ミルレオは弾かれたように顔を上げた。少し困ったような苦笑は、さっきまでの強張った他人行儀の目ではない。思わず緩みかけた涙腺を、ぐっと堪える。この人に会って、ミルレオは随分泣き虫になった。困ったものだ。

そんなミルレオの心中など知らないだろうに、ガウェインも口を開け、困ったように噤む。

「どう呼べばいいんだ……」

「あ、あのお好きなようにお呼び頂ければ。ミルでもミルレオでもチビでもカモでも！」

「……後半は明らかに西方での悪影響だよなぁああああ！」

両手で顔を覆って叫んだガウェインに、ミルレオはびくっと一歩逃げた。ガウェインは後ろにあった木箱の上へ無造作に座った。

「勘弁してくれ……俺は大恩ある姫様に不埒な真似した狼藉者か」

「え、不埒……あ……」

ぼんっと音を出してミルレオが茹であがった。呼吸が交じり合う感触を思い出して、両手をわたわた振る。うーだの、あーだの、みーだの唸ったかと思えば、真っ赤に潤んだ顔でいきなりガウェインに詰め寄った。激しい落ち込みで反応が遅れた顔を両手で掴み、いきなり唇を重ねる。少しずれたが、両者激しい動揺のため、全く気付いていない。

啞然と動きを止めたガウェインを至近距離で見つめ、死にそうな赤い顔でミルレオは叫んだ。

「わ、私が、の、の、望んでしたので！　狼藉者ではないです！」

こいつ死ぬんじゃないかと思うほど赤い顔に、ガウェインは逆に落ち着いてきてしまった。どんな状況でも、自分より凄まじい人間を見ると落ち着く現象は変わらない。思わず吹き出す。

「分かった。分かったから、あまり可愛いことをしてくれるな。新生物ミル・ヴァリテ」

「産まれた時から人類ですが!?」

「両性類か……」

「一応女に生を受けて十六年です！」

確かに自分は魔女だが、人類枠から外されるのはあんまりだ。女枠から外されるのも悲しい。キルヴィックの前でだけは外してほしい。

「わっ!?」

いきなり腰を引かれてバランスを崩した。座ったガウェインの足を跨ぐように倒れこんでしまい、慌てて離れようとしたら更に密着した。何故!? 世の中って不思議がいっぱい! 隊長って不思議がいっぱい! ミルレオの頭はここしばらくずっと混乱している。

「た、隊長?」

肩口に埋まった頭で、髪と呼吸が当たってくすぐったい、異常に恥ずかしい。恐る恐る呼ぶと余計に力が強まった。

「……参った。姫様に拝謁叶えば何を言おうかとずっと考えていたのにな……望まれるままに何でも献上したいと思ってたのに、見せたのはジョン達の筋肉……」

「人生は何事も経験だと思わせて頂きます……」

「その経験はいらんだろう」

もっともだ。

「王女でなくてもいらんだろう」

重ね重ねもっともだ。

「…………俺は姫様を、お前を……戦の道具にするんだな」

肺が空になるほど深く深く吐かれた呼吸が、肩から身体に染み渡る。恥ずかしいのにもっと傍にいきたくなった。既に隙間なんてないくらい密着しているのに。ミルレオは、赤くなりすぎてだろうか、熱に浮かされたような心地でそっとガウェインの肩に頬を寄せた。

母は勿論、病弱で薄い身体をした父とも違う。軍人の中では群を抜いて細身に見えるが、筋肉の張った硬い身体に抱きしめられているのに、不思議と痛くはない。温かくて、とても安心する。このまま眠ってしまいたいくらいだ。けれど、どきどきして、きっと朝まで眠れない。

「……いま必要なのはミルじゃありません。風評や事実がどうであれ、王族が戦場にいることですよね。隊長、ミルレオでもお傍で戦わせてください。王女としても、ミルとしても、私は戦場に出ます。私がそうしたいんです」

その声に、迷いは欠片もなかった。

自分に自信なんてパン屑ほどもない。それでも王女として受けた厳しい教育は実を結んでいるのだろう。国を守る。仮令この身が滅びても、ウイザリテの魔女は屈しない。日常の何気ない物事にはびくびくするのに、こういう時のミルは揺るがないと、ガウェインは知っていた。

悔しいほどに。

また一つ吐き出された息が、ミルレオに染み渡った。

「お前は、小動物の癖に肝が据わってるからな」

「……人間です」

「分かってる分かってる。人間の、可愛い女の子だもんな？」

いつの間にかこちらを向いていたガウェインの吐息が直接耳を擽り、ミルレオは悲鳴をあげて飛び起きた。それを許さず、腰に手を回したまま残った手が頬に触れる。鼻先が触れるほど至近距離で向き合い、どうしたらいいか分からず段々潤んできた瞳に、ガウェインは降参を掲げた。

「本当に参った……手放せんぞ。おい、ミル、その目をやめてくれ」

「ど、どの目ですか」

「それだ」

困りきって逃げ場を探す金紫が、次の瞬間大きく見開かれた。重なった唇から吐息が漏れる。反射的に逃げようと下がる頭は大きな掌に塞がれている。硬直していると唇は一度止まった。唇が触れたままガウェインが喋る。

「嫌か？」

ミルレオは、震えのように小さく首を振った。嫌ではない。全く。しかし猛烈に恥ずかしい。

「顎様に触られたときはとにかく離れてほしかったけれど、隊長は嫌じゃありません」

落ち着こうと自分の鼓動を数え、逆に呼吸困難を起こしそうになっている間に、何故かガウェインの目が据わっていた。

「……ほー。で、どこを触られた？」

「え？」

急に低くなった声音に慌てて距離を取る。取ったといっても、腰を摑む手は全然緩まないので、上半身を反っただけに終わった。半眼になった目つきはいつも以上に悪い。で、はどこにかかっているのだろう。勉強不足だから分からない。

「……待て、どこまでされた？」

「どこまで、ですか？　あの、最初はどこでしょう」

きょとんと首を傾げる。疑問は疑問のままおいてはいけない。王女教育は厳しいのだ。

「……俺が、教えるのか？」

どこか困った様子で顔を覆ったガウェインは、意を決したように耳に唇を寄せ、ぽそりと呟いた。瞬間、白い首筋は朱色の絵の具も真っ青に茹であがった。

「あの時は男の子でしたから！」

「関係あるか」

「ないんですか!?」

世の中って知らないことでいっぱいだ。真顔で詰めてくる距離に焦る。

「あ、あの隊長！　そろそろ行かないと！」

さっきから断続的に聞こえてくる攻撃の音が激しさを増している。誰も呼びに来ないのはガウェインへの信頼の証だ。応えるのが上に立つ者の務めだ。……舌打ちが聞こえた。

「終わったら覚悟しとけよ」

「こ、怖いこと言わないでください……隊長ぉ……」

「だからそういう顔をするな。お前、可愛い顔して魔性の女だな」

「ま、魔女ですから！」

意味を分かっていない返しに、ガウェインは堪らず吹きだした。屈んで素早く口付ける。

「我らが西方は、守護四方唯一、王の血とは縁遠い守護地だ」

何が起こったか今更理解したミルレオは羞恥に身悶えた。

「女王陛下は辺境の軍人と縁続きになる気はあるだろうか」

「え……？」

いつの間にか右手中指の黒い指輪が抜き取られていた。恭しく跪いた人に取られた左手に口付けられる。まるで小説の主人公になった気分だが、これは現実だ。王子様は金色でなく黒色で、優しい目つきはちょっと鋭くて、指輪はダイヤでなくて黒だ。なのにミルレオは、『お姫様』だった。

「王女と知った今でも、参った、お前が可愛くてならん」

「隊長……これ」

「色気も浪漫もなくて悪いな。本当は、ちゃんとお前の両親に許可を取ってから用意するつもりだったんだ」

黒い指輪は左手の薬指に嵌めなおされた。その意味が分からないほど子どもではない。ミルレオは両手で口元を覆った。

「あ、あの、隊長！」

決死の覚悟で大きな両手を握りしめる。

「好きです！」

「……だからそういう顔をするなと」

再度降ってきた口付けは、今度はちょっと長かった。


グエッサルの東部国境線に配属されて久しい男は、初めて広がる景色に感嘆と寒気を覚えた。

最前線に並ぶのは、悪臭を放つ醜悪な魔物達だ。それらを支配するように、否、するようにではなく、まさしく支配し、宙に浮くは『ウイザリテの特権』。魔女だ。この地の戦場では見ないものだ。それをこっちが先に手に入れた。

幾度も煮え湯を飲まされてきたウイザリテ軍は動揺していることだろう。男は、舌で上顎を舐め、興奮を宥めた。

他の戦場では魔女が好き勝手に戦場を支配していると聞くが、ここ東部では人間同士の戦でしかないのに勝てた例しがない。いつだって数で勝ろうとも守りきられる。

いつからか、向こうの指揮官は替わっていた。歳若い少年が率いた軍に押し潰された屈辱を今でも覚えている。

若い将軍が守護伯だと聞いて、グエッサル軍は浮き足立った。下町で育った私生児が、貴族社会に辟易しながら何とか当主をやっていると聞いていたからだ。だが、実際目にしてみれば、噂と全く違う。完成する前の細くて頼りない身体でいながら、眼光は鋭く、指示に躊躇いがなかった。喧嘩慣れしているのか度胸もありすぎるほどあるのに、引き際を弁え決して深入りしてこない。逆にこっちが深追いして壊滅させられた。

魔物の国ウイザリテ。もしかするとこの戦が後の教科書に載る戦となるのではないか。男は久しぶりに感じる高揚に喉を鳴らした。自分たちが生まれる前から祖国が望み続けた国が手に入る、歴史的瞬間が今なのだ。

魔物は醜悪だと思うが、それであの壁が落ちるなら感謝さえ出来そうだ。

高揚のままに鼻歌さえ歌いかけた男は再度戦場を見下ろし、動きを止めた。周囲も次第に騒がしくなった。

馬鹿な……。誰かが呟いた。この戦場にいる魔女は我が軍が使う物だけのはずだ。

聳え立つ壁より前に、少女が一人浮いている。長い銀青の髪は、暮れた空の中でも星のように輝いていた。

少女が片手を上げると同時に、こちら側の魔女が少女を指差した。閃光が少女を襲う。凄まじい爆音と煙に動揺が収まっていく。あれが魔女だとしても、たった一人で何が出来る。噂に名高い女王レオリカでない限り、動揺する理由はない。何故なら最早、魔女はウィザリテの特権ではないのだ。

気を取り直した男はもう一度空を見た。風で流れた煙の中、少女は変わらずそこにいた。少女の周りを光の陣が幾つも取り囲み、空も埋め尽くさんばかりだ。

「天からの采配！」

空を埋め尽くした陣から落ちた落雷と同じ、鋭い声だった。


攻撃の名残の煙が上がる。

ミルレオは、いつでも防御できるよう掌を開いたまま、そっと息をついた。

敵国の魔女は頭からローブを被って、姿は闇に近い。けれど、稚拙だ。ただ術を放っているだけで、式も何もあったものではない。

魔女の技は口伝だ。本に記す事はない。否、記せないのだ。

術式は一人一人違い、術前の言葉も集中を高めるためであって呪文ではない。言葉は魔法に形を与える為だけの物で、言葉なく形作れるのであれば必要はなかった。魔法は、個々が自分だけの術式を練って使われる。他人の術式は使えない。誰もが自分でしかあれないように。

いつもいつも、公の場ではどんな簡単な魔法も成功させられなかった。失敗を重ね、失望を固め、自身を呪う。いつしか、公の場はその舞台となった。望まれている母のような姿で、母のような態度で、母のような声で、言葉で、魔法で。母のように母のように母のように。人々の願いを、ミルレオは何一つ叶えられなかった。

視界の端で光が走り、視線は前に固定したまま片手だけを向ける。咲いた陣は、ミルレオの、ミルレオだけの陣だ。

「悪意の遮断！」

瞬時に現れた陣が放たれた炎を弾き飛ばす。

いま、この場はウィザリテの公の場だ。西方の人々の目が、存在が、この場をウィザリテの公の場にしている。それなのに、魔法は一切揺らがず花開く。朝露弾ける花壇の上、一人踊ったあの朝よりよほど。母のようになるのだと心の底から楽しみだった、期待と喜びだけが溢れたあの朝のように。

世界の全てが自分の物だった、幼い傲慢故に抱けた幸福を、世界の広さを、いつしか忘れていた。きっとミルレオ自身が沈めていたのだ。無意識に、けれど意識的に。母のようになれなかった自分が、母のようになれるのだと幸せに信じ切っていた最後の朝を思い出したくなかったから。

けれど、こんな場所で思い出した。あの朝とは似ても似つかない、世界の果てで。

ただただ夢しかなかった優しい世界の最後に現れた、朝露より美しい瞳をした黒髪の少年がいまどんな瞳をしているのか、ミルレオは知っていた。

ふっと小さく零れ出た笑みを、胸に溶かす。この場で失敗することはないだろうと、ミルレオは確信した。

見世物のようなパフォーマンスは出来ないし、要らない。

口元は緩やかに弧を描き、瞳は慈しみさえ感じさせるよう穏やかに。動作は荒々しさなど皆無に優美さを保ち、何時如何なる時も余裕を持った微笑みで。相手には恐怖を、味方には安堵を。

それが魔女の役割で、上に立つ者の務めで、王族の責務だ。

お気に入りのドレスの裾は、空中でここぞとばかりに美しく靡いてくれる。派手さは衣装で充分だ。

母になるつもりはない。けれどいま最も必要な威厳はそこにあった。

あの人はいつだってミルレオの理想で、目標だったから。華々しく自信に溢れる女王レオリカ。王族として求められる手本をずっとずっと見てきたのだ。

歴史上迫害の対象にあった魔女達は、そのほとんどがウイザリテを目指した。辿りつけなかった者は火炙りとなった。ひっそりと生き残った者が子孫を繋ぎ、今があるとしても、技まで繋がらなかったのだろう。あまりに稚拙。だからこそ危うい。

ウイザリテの魔女は、誰も魔物を操ったりしない。他者の操り自体行わない。操りは危険が伴うのだ。相手を取り込んで意識を奪う。細心の注意と万全の用意があって尚、些細なきっかけで取りこんだ相手との調整を乱し、術者自身が滅びる可能性があるのだ。

グエッサルの魔女は拙い魔法で魔物を操っていた。同化で術者自身が壊れる危険性を知らないのだろうか。

眼下に広がるのは、夕焼けの名残が山間に少しだけ見える空。地上には蠢く侵略者。

「わたくしは」

上げようとした声は魔物の雄叫びに呑み込まれる。駄目だ、小さい。

「我は！　レオリカ王が長子、ミルレオ・リーテ・ウイザリテである！」

腹の底から背筋、指先まで痺れるほどの大声を。されど語尾を震わさず、凛と透き通った強さで。

自軍敵軍、両者から上がったどよめきに空が震えた。

「グエッサル軍は我が国の領土を侵している！　直ちに軍を引き、撤退せよ！　従わぬならば、我々は武力を以てこれを排除する！」

背後から響く開門の声。

西方守護伯が率いる軍こそ西の防衛線。領土を増やすための戦はしない。彼らが国境壁を出るのは常に自衛の為だ。そしてウイザリテが溢れ出すのは、魔女を奪われた時である。

陣に守られたミルレオに向かって矢が放たれた。炎を纏った矢は一本で、傷つける意図はなかったはずだ。この程度の攻撃で傷つけられるとは、よもや相手も思ってはいないだろう。

これは明確な宣戦布告。その為の一矢。警告は、終了した。

ここはウィザリテ。

魔女が作った魔女の楽園。ただ生きる。それだけの権利を欲した魔女達の、故国。

かつて魔女を追いやった人間は決して踏み入るなかれ。禁を犯して踏み入れば、忽ち魔女の怒りに触れるであろう。

敵の魔女が掌を掲げれば、魔物が雄叫びを上げて歩を進めた。魔物同士がぶつかって食い合いを繰り返しながら前に押し出されて来る。制御しきれていない。

それでも西方守護兵達の動揺が手に取るように分かった。偶に現れる魔物を討伐した事はあれど、波のような数が押し寄せれば平然としていられるはずがない。

ミルレオは、小さく息を吸って、吐いた。

なればこその魔女。なればこその王族。

なればこその、ミルレオ・リーテ・ウィザリテ。

「北に銀雨、東に緑華、西に雪彩、南に陽音」

ミルレオの言の葉に合わせて天に幾多の陣が現れた。夜空に花が咲いたように美しい陣だ。

「天より授かりし銀星よ。地上蠢く悪しき魂に救いを与え給え」

髪が激しく波打ち、一際激しく光が舞った。

「星落とし！」

インプを捕らえた術とは桁が違う。魔物の脳天から地面まで突き刺す星の槍は、まるで雨のような激しさを持って魔物の上に降り注いだ。

凄惨な光景を見下ろし、ミルレオは拳を握り締めた。相手が人であろうともミルレオは攻撃する。出来る。この国を守る為に、西方を守る為に、仲間を、ガウェインを死なせたくないから。ミルレオとして、ミルとして、私は敵を屠るのだ。

術はできるだけ派手で凄惨な物を選んだ。敵軍の恐れを誘い、強さで自軍の安堵を誘う為に。

「一歩たりとも踏み入れるが叶うと思うな！　ここは、ウイザリテだっ！」

背後から聞こえる雄叫びは西方軍の物だ。一気に上がった士気を肌で感じる。

王女様、姫様、ミルレオ様、万歳。

大気を揺るがす怒声とも間違えそうな歓声に笑顔で応える。王女は彼らの士気を高め、守護伯付き魔女は戦況を有利に運ぶのが仕事だ。

「姫様が道を切り開いてくださった。姫様お一人に戦わせては我等西方守護軍の名折れだぞ！」

どんな騒音の中でもミルレオの耳は勝手に彼の声を捉えた。

愛馬に跨り、闇に紛れる黒の外套をはためかせている。

グエッサルのように大仰な全身甲冑はない。外套自体が鎧だ。魔女の技術で、目が細かい布を、薄く幾度も幾重も重ねて作られた特注品だ。

軽装備でありながら矢を弾き、槍さえも防ぎきる。

馬は頭から胴にまで甲冑を装着していた。長期の進軍を考えられていない鎧だ。足である馬は厳重に、人間は動きを重視した軽装備だ。素早く攻撃し、素早く戻る。侵略がない国だからこそ成り立つ人の軽装、馬の重装。

そこに鎖帷子を着込んでいるのは西方軍の特徴だ。魔女がいないので、他方に比べて矢の有効度が桁違いなのでよく使用されるからである。

こっそり頰を染める。あの人と、キス、した……駄目だ今は忘れておこう。飛ぶ事すら儘ならなくなりそうだ。

ガウェインは長い刀を引き抜いて空に掲げた。

「全軍突撃――――！」

応える大歓声と地響きで戦端は開かれた。


空を星が駆ける。

長い銀青を靡かせて、宙に漂う『魔女』を落とす『魔女』。

ミルレオは息を吞みこむことで衝撃に耐えた。稚拙。術の使い方が荒く雑だ。魔物を操る片手間に相手できるほど、ミルレオは矮小ではない。本人の自信は悉く削り取られていたが、彼女を魔女にしたのは女王と王宮付き魔女達だ。そのミルレオが、学生が放つような稚拙な術を阻めぬわけがなかった。

一対一では勝ち目がないと見て取り、相手は魔物の操縦を諦めて三人で固まる。ローブの下に隠された表情は読めない。年齢も、性別さえもだ。

だが、ミルレオは躊躇わなかった。

「白の矢、黒の刃、灰の鎌！」

次々に繰り出した斬撃は的確に相手に届いた。咄嗟に組まれた防御陣ごと砕いた攻撃に、鈍く潰れたような声を上げて落ちた魔女を、別の魔女が支えて飛んでいった。

追うべきなのだろうが、ミルレオはこの場を離れるわけにはいかない。

グエッサルは魔女を持ち、魔女は魔物を操る。魔女一人で戦況は裏返るのだ。

追って、殺すべきだ。そうでなければ、いつの日か回復して戻ってくる。そうと分かっていても追えないのならば諦めるしかないのだ。一撃で仕留められなかった己の未熟さを呪うしかなかった。

ぐっと掌を握った間に、操縦者を失った魔物達が地上で乱れ始める。血の臭いに興奮して誰かれ構わず殺し始めた。魔物もウイザリテ軍もグエッサル軍も関係なく。

小さくなっていく魔女の姿を振りきり、ミルレオは視線を足元に向けた。片手はグエッサル側に向けている。飛んできた数えきれない火矢は、雪嵐で全て凪いだ。

的確に魔物とウイザリテ軍の間に術を落とす。色取り取りの炎は地面に突き刺さったまま燻り続けている。こうすれば魔物は向きを変えてグエッサルへ向く。制御しきれない力は己が身を焼くのだから。

歓声を上げた兵士の一人が鋭い声を上げた。

「姫様！」

はっと視線を戻した瞬間、硝子細工が割れたような音がして陣が砕かれた。肩に衝撃を受けたと気づく間もなく体勢が崩れ、視界が回る。

弾かれたように吹き飛んだ自国の姫の姿に、絶叫が上がった。

「てめぇら、死んでも受け止め奉りやがれ――っ！」

あまり聞いたことのない言葉遣いだったが、かなりの人数が叫んでいたので西方では普通なのかもしれないと、ミルレオは今は関係ないことをやけに真剣に考えた。

落馬した段階で死を覚悟するのが騎馬の戦だ。赤い雨を散らして夜空から堕ちた星を、トーマスは全力で受け止めた。腕が折れても構うものかと受け止められた空からの珍客にも、魔物の群れに逃げ出さなかった軍馬は耐えてくれた。

「姫様、ミルレオ姫様！」

泣き出しそうな声に、ミルレオは意識を掻き集めた。生きてる。なら、戦える。

「トーマス！」

場所を移動したトーマスに続き、馬から滑り降りたガウェインの後ろで、ジョン達が周囲に盾を構えて壁を作っていく。盾が並び、世界が隔てられていく。

肩に突き刺さったのは銀の矢だった。術の残滓が燻る矢を握ったトーマスの手がじゅっと音をたてる。火傷に構わず、トーマスは小刀を抜いた。

「ご無礼仕ります！　毒矢かもしれません！」

止める間もなくドレスが破かれる。慌ただしく回る視界の端で、ガウェインが腕に巻いた小振りの盾を外したのが見えた。

「俺の腕を噛め！　噛み切って構わん！」

何をする気か分かって身体が凍りつく。たじろぐ心とは裏腹に、口は勝手に動いていた。お願いします、と。

ジョン達の大盾が視界を塞ぐ瞬間、トーマスの肩越しに空が輝くのが見えた。ミルレオを落とした銀矢が、今度は守護軍に降り注ぐ。魔女が人を害している。魔女が、ウイザリテの民を。

後ろから抱え込むように抱きこんだガウェインの腕を噛んだのを見て取ると、短い前置きとほぼ同時に、鋭い痛みが全身を走りぬけた。慎重な手つきのお陰か所為か、肉が裂けていく感覚がそのまま脳へと刻まれていく。遠慮なんて出来なかった。

きっと血が滲むほどに歯に力を入れているのに、ガウェインはこっちの心配をしてばかりだ。大丈夫、ありがとうと言いたかったのに、口を離すと舌を噛み切ってしまう。

落ちる汗が目に入っても拭わないトーマスは、慎重に小刀を置いた。

「抜きます」

　ぐっとガウェインの腕に力が籠もる。全身で押さえつけられた途端、視界が真っ赤に焼けた。ずぐりと締まった肉から矢が抜け出ていく。神経も一緒に抜かれているんじゃないかと思った。

「っ――――――――！」

　痛いなんて言葉は浮かばない。吐きそうで、神経を引きずり出される感触と共に、肉ごと持っていかれた気がした。知らず零れた涙に滲んだ視界の中で、見知った人達の方が余程痛そうな顔をしていて、トーマスなどは実際泣いている。

　抜けきった途端、身体中の力が抜けた。終わってみると、鈍痛が断続的にあるものの、動けないほどではない。そう決めた。痛みを痺れと思えばいいのだ。

「どうだ？」

　血に濡れた鏃を検分したトーマスは、ほっと息をついた。顔と態度で丸分かりだ。毒はなかったのだろう。ガウェイン達の空気も一気に和らいだ。

「ありがとう、ございます」

　思ったより声に力が出なかった。痛々しそうな視線に見下ろされながら、ミルレオはガウェインの庇護から立ち上がる。思った以上に力の入らない足でよろめいた身体は、怒鳴りつけるように抱きかかえたガウェインに支えられた。

「何をやってるんだ！　動くな！　トーマス、早く彼女を中に！」

引き渡されそうになり、慌てて振り解く。片手で傷を押さえ、簡易の止血をする。医術は本職ではないので、本当に時間稼ぎにしかならないが。

「戻ります」

「姫様!?」

悲鳴のような声を上げたのは親衛隊の皆だ。ちゃんと服を着て真面目な顔をしていればまるで騎士だ。いつもそうしていればいいのにと思うが、そうしたら皆ではないのだろう。

「ミ」

呼びかけたガウェインの唇を、そっと指で塞ぐ。

「これは、私の務めです。私の世界を放棄させないでください。ここで逃げ出したら、私は一生、自分を役立たずだと思って生きるでしょう。そんなのは、もう、嫌なんです」

出来ないのなら大人しく奥に籠もっていろといわれ、唯々諾々と従ってきた。出来ないからやらなかったのも、出来るのにやらなかったのも、どっちも役立たずだ。

そして、どちらのほうが罪が重いのか、ミルレオは知っている。

王女という役職に就いているにもかかわらず、義務を放棄しては、最早レオリカの娘であるとも名乗れなくなる。何よりここの人達に顔向けなど出来ようはずもない。

「王族として、魔女として、果たすべき責を果たさずして、私は私と名乗れません。この世界にいたいんです。貴方の隣に在れる自分でいたいんです」

痛みに憔悴してはいたものの、ミルレオの瞳に躊躇いは欠片もなかった。ガウェインは反射的に怒鳴ろうとして、ぐっと口を噤んだ。姫様が望むなら何でも叶えて差し上げたかった。けれど、こんな願いを聞き届けたかったわけではない。

ガウェインは片膝をついて頭を垂れた。

「姫様の御心のままに……こちらを」

差し出されたのは、ガウェインの服の内に無理矢理押し込められていたミルの上着だ。少しくちゃくちゃになっている。

「姫様の肌をグエッサルに晒すわけには参りません。このような物で宜しければ、どうぞお召しを」

ミルレオは万感の思いで着慣れた上着を受け取った。厚手の生地はズシリと重く、折目がついた袖は苦笑ものだ。

「ありがとうございます」

何度堕とされても、何度だって飛びたてる。果たしたい使命、守りたい何かがあるとはそういうことだから。

仮令、削れるものが自身だとしても。

飛び立った華奢な身体を見送り、ジョンは重い息を吐いた。

「噂とは全く違っておられるな。あれを役立たずだなんだとほざくたぁ、中央の奴らの目は腐って溶けてやがんな」

再び夜空に張られた陣に歓声が上がった。姫様、ミルレオ様、兵士の叫び声はそのまま士気の高さだ。空を駆けるのは、鳥と魔女のみ。彼女は一人で戦うのだ。一番目立つ場所で、敵兵の憎悪を華奢な身体で一身に背負って、たった一人で。

「あの御方を主と仰ぐこと、俺達は何の不満もない」

命を託す相手として異論ないと、武人は言い切った。それがどれだけ誇らしい事か、戦士達は知っている。

いつになく真面目な顔で言い切ったジョンは、未だ苦しそうに空を見上げるガウェインの背を叩いた。ばがぁん！　と凄まじい音が響き渡った。

痛みにつんのめったガウェインの睨みを無視し、再び軍馬に飛び乗る。ガウェインも舌打ちして飛び乗った。後で覚えてろと捨て台詞は忘れない。

「当然だ。我らが姫様にあらせられるぞ」

少し小柄な馬が横付けするように止まった。騎手が小柄で身体が出来上がってないからこその馬だが、気性は荒く、戦場でも怯まず駆け抜けられる。

「閣下が言ったとおり、奴ら気ぃ抜いて結構前に出てきてた」

「どこだ？」

「北西の小高いとこ……ほら、いまちらっと松明が」

斥候に行っていたザルークの報告に頷きながら、飛んできた矢を刃で無造作に弾いた。これは普通の矢だ。ミルレオの術を突き破ってきた銀矢は誰が射た？

背中でクロスさせた太いサスペンダーに刃を戻す。中型の両刃を背に二本、腰に携えるのは魔女の知識の結晶、鉄の最高傑作とも謳われた黒鋼の片刃だ。

相手の剣ごと斬り裂ける刀は、ウイザリテが誇る武器の一つだった。黒鋼も石から抽出できるのは魔女の技術だ。武器の強さ、軽装備でありながら甲冑に近い防御力を発揮する防具。ウイザリテの強さは魔女の知識に支えられた人間達の奮闘も大きい。

魔女は強く、只人は敵わない。けれど対等でありたい。そう願った人間達が、守られるだけを良しとせず、肩を並べて戦うための知恵と努力。

「ところで閣下。どうして王女がここにいるんですか？　王城から援軍が来るのは明日ですよね？」

「……偽王女が現れた話を聞き、お忍びで訪問されていたんだ。あんな騒動があった後だから、また騒ぎにするのは忍びないと単独で。安心しろ、書類は本物だった」

「へー。すごいっすね」

自分で聞いておきながら、あまり興味がなさそうなザルークも手慣れた様子で矢を斬り落とし、今度は珍しくそわそわとしていた。

「どうした？」

「閣下。ミルの野郎はどうしたんすか。まさかやられたとか!?」

よく見れば、他の兵士達も同様にそわそわと視線を回している。

「おれも聞きたかったんすよ。おれらのミルはどうしたんですか？」

随分我らが西方に馴染まれたと、喜ばしさと複雑な心境が綯い交ぜになる。

姫ではなく彼女個人としての世界が広がるのであれば、こんなに喜ばしいことはない。だが、がさつで大雑把な軍人達に慣らしたかったわけでは断じてない。真実とはいつも複雑な喜びを孕んでいる。

ガウェインは一人で戦う『主』兼『部下』を見上げた。

「あいつにしか出来ない事を、任せてる。いいかてめぇら！　あいつは俺らには手を出せない場所で一人踏ん張ってる！　一人で戦う同士の為に、てめぇらも腹据えてついてこい！」

野太い応答にげんなりしないのは、所詮同じ穴の狢だからだろう。戦場では逆に血が沸き立つ合図になる。

ガウェインは抜き放った剣を構え、馬の腹を思いっきり蹴りつけた。

「悪意の遮断！」

一点集中した陣を五枚重ねて尚、矢が止まらない。最後の一枚に突き刺さった鏃を眼前に見つめながら、ミルレオは唾を飲み込んだ。

「よく止めたなぁ。俺、これ止められたの初めてなんだけど」

銀青の長い髪に、少し吊りあがった金紫の瞳。グエッサルの茶色い軍服を適当に着崩した少年は、攻撃を防がれたにもかかわらず、けらけらと笑い声を上げた。

この薄い身体をした少年を、ミルレオは見たことがあった。話したこともあったが、あれは会話とは呼べない代物だった。

「男性だったのですね。気づきませんでした」

魔法に紛れて逃亡したはずの偽王女は、軽く肩を竦めた。髪や瞳の色はよく似ているし、少年は体付きも華奢だ。だが、やっぱり違う。顔つきが似た作りであるとは自分でも思うが、うり二つというわけではない。知り合いはまず間違えないだろう。

「胸以外は変えてなかったぜ。大臣だとかいうおっさんから聞いた外見だと、色合いはどんぴしゃだし、俺は元々すげぇ美人の女顔。王女の顔をろくに知らねぇ奴らなら、まずばれねぇ自信はあったんだけどな。影の薄い王女様、まさか西方に顔見知りがいるとは思わねぇだろ。ま、いたのは本物だったらしいけど？　本物でいいんだよな？　噂と全然違げぇけど」

夜会用の服は胸元が開くが、昼のドレスならば露出が少なく、術など使わなくても誤魔化せただろう。少年が少年らしいところといえば、悪戯っぽく笑う瞳のみだ。

「私が本物かどうかはあなたの判断にお任せします。必要なのは、あなたが本物ではないという事実だけですから」

少年は楽しげに笑った。

ミルレオと大して歳が変わらないように見える。声変わりはまだのようだ。高い、少女で充分通用する声だった。綺麗な人形のような外見で口は大層悪いが、今更口の悪さに戸惑うことはない。西で十二分に洗礼を受けた後なのだ。

「退いてください。なれば追いません。ここはウイザリテです。侵略の為の進軍は致しません。ですが、退かぬなら滅ぼすも厭いません。ここは、ウイザリテですから」

器用に口笛を吹いた少年は、両手を頭の後ろで組んだ。

「かーっこいい。俺、好きなんだよなぁ、この国。兵にも民にもぶれない芯があるから。ま、中にはおっさんみたいなのもいるけど、皆何かしら国に誇りを持ってる。おっさんのは好いた女に振り向いてもらえなかった腹いせみたいなもんだし？　でもさ、そこまでこの国が好きなら、他に襲わせてちょっとの領土もらおうとするんじゃなくて、王様殺して自分が王になりゃいいのになぁ。モテないおっさんの考えることって分かんねぇよな。そう思わねぇ？」

同意を求められたが、是とも否とも、応える必要性を感じなかった。少年は、返答がなかったことに気を悪くした風でもなく、けらけらと笑った。

「いいなぁ、俺もここに生まれたかったよ！」

最後の言葉が終わるかどうかの寸前、振り被られた手から銀矢が放たれていた。防御が、間に合わない。防ぎきれなかった二本が陣を抜けた。

咄嗟に両手で顔を覆う。

「っ！」

軽さの代わりに鉄の鎧ほどの強度がない上着では防ぎきれない。突き刺さった矢をそのままに、ミルレオは片手を掲げた。痛みと失血で身体の力が抜ける。噛み締めたのは地上で戦う兵士の痛みだ。彼らはいつもこんな痛みの中で戦っている。痛みを受ける恐怖と闘っているのだ。

揺るがなかったミルレオの視線に、少年は興味を引かれたように見つめた。遠目から見れば鏡が向かい合っているような二人は、一定の距離を保ったまま空中に留まっていた。

服に溜まった血が流れ落ちるミルレオの手に光が集約し、黒い刃を生み出した。

「お姫様は戦うの初めて？　俺はね、自分が魔女って知る前から戦ってたよ。なあ、知ってる？　この国以外での魔女の扱い。家畜だよ。暗殺夜伽娯楽賭事殺し合い、何にでも使える便利な家畜。絶滅しかけたのを掻き集めて、掛け合わせて、増やして。そうして使われてきたのが、ウイザリテに辿りつけなかった魔女達の末路だよ。残り滓の魔女を貴重な家畜として干からびるまで使って、最後は廃棄される。俺はグエッサルの家畜だけど、どこの国でも魔女の扱いは変わらない」

放たれた銀矢を刃で弾く。これは反射の勝負だ。

「魔女には権利なんてない。動植物にさえ与えられている生きる権利すら存在しない。魔物を操れるようになるまで魔女がどれだけ死んだと思う？　操ってる途中でどれだけ壊れたと思う？　ここまで持ってくるのに、既に三人は壊れたし、廃棄された」

大きな瞳で少年の術の反応を見極める。

「勝てなきゃ死ぬんだ。知らないだろ？　そんな生き方。なのにあんたら強いんだもんな。負けても死なない勝負で価値を決めてるのに。先代魔女がいるってそんなに違うもんなの？　口伝ってそんなにすげぇの？　なあ、魔女が当たり前の世界ってどんなの？　想像もできねぇや。あんたの偽者やってるときに、魔女についてちょっと聞いてみたらさ、すげぇの。人間みたいに生きてんの。好きな仕事について、好きなもん食って、好きな人間つくって、人間みたいな生き方してんの。いいよなぁ、ずるいよなぁ。うん、ずるいよあんたら。どうして俺達を置いて、自分達だけで楽園を閉ざしちゃったんだよ」

矢継ぎ早に繰り出された矢は、最早刃でも防げない。矢が突き刺さるたびに身体が弾かれたように跳ねる。地上で上がる悲鳴を聞きながら赤い雨を撒き散らす。かろうじて頭をずらして直撃は免れた。痛い。怖い。恐ろしくて堪らない。

この矢が、あの人達に降り注ぐ現実が、何より恐ろしい。

頭に霞が掛かったのは痛みに壊れないため、脳が勝手に苦しみを遮断したのかもしれない。単に失血で倒れかけているのかもしれないが、反射とはいえ有り難い処置だった。自分の身体に感謝する。

合わない焦点の中に、鏡のように歪んだ少年の姿が見えた。けたけた笑うこの魔女は、ミルレオが相手取るべき敵だ。どれだけ怪我を負っても、痛くても、恐ろしくても、魔女が人を害するならば、ミルレオに退くという選択はない。

「生まれる場所は、選べません。されど、生きる場所を選ぶ事は出来ます。在りたい自分も、共に生きたい人も」

血が地上を目指して落ちず、空中に留まってミルレオを囲んでいる。少年は怪訝そうにそれを見た。ウイザリテ以外では術は自分で作るしかない。全ての口伝は火炙りで失われている。そして無知なる魔女に知識を与えるほど、ミルレオは能天気ではない。与えられるとすれば、可能性だけだ。

「ここはウイザリテです。魔女で生きたい人の、魔女と生きたい人の為の楽園。ウイザリテの門は望む人に開かれます。それが、あなたでも」

「うまい話には裏があるってママに言われてるから」

「裏、ですか。すみません、今度考えておきます」

「可愛子ちゃんにはもっと気をつけろってパパに言われてんだ」

「河合湖……どこの湖ですか?」

よく見えないのに少年が笑ったのが分かった。矢が、構えられたのも。

「いいなぁ、あんた可愛いなぁ」

これ以上の失血は駄目だ。意識を失う。ミルレオは一瞬だけ迷った。生半可な防衛陣でこの銀矢は止められない。少しだけ迷い、防御を捨てた。今の陣を崩すわけにはいかない。

衝撃と痛みを覚悟してぎゅっと瞑った視界が閉じる直前、バランスを崩した少年が見えた。鈍い呻き声に慌てて目を擦る。血が滲んでよく見えない。何度も瞬きを繰り返し、ようやく視界が開け始める。

少年の肩に銀矢が突き刺さっていた。呻いて押さえた指の隙間から血が溢れ出す。

「っざけんなよ。あれこっちの陣営じゃねぇか！」

矢が飛んできた方角を睨んで吐き捨てる彼に倣って視線を凝らす。松明が点滅を繰り返している。異常に気づいた少年も、じっと地上の闇を睨んだ。

揃えたように灯った松明の中に翻ったのは、砂埃が目立たないようにと茶に染められたグエッサルの軍服ではない。裾が分かれ、闇に溶け込む黒の。

先頭で次矢を引き絞っている人を見て、ミルレオは全身の力が抜けた。抜けすぎて陣が消えかけて焦る。焦って、その必要はなかったと気づく。陣は既に成ったのだ。

「あ？　……やべ、うちの本陣落とされてやがる。つか、どっから湧いて出たよ、あれ」

無造作に矢を引き抜いた少年は、再び悪態をついた。その矢は、ミルレオを打ち堕とした矢である。ガウェインは、まだ燻る彼の術で、彼の陣を貫いたのだ。みるみる少年の身体がぐらつき始める。

「ご丁寧に毒塗ってやがる。性格わりぃなぁ、おい」

「退いては、頂けませんか」

本陣が落ちてしまえば指揮系統が崩れる。ただでさえ魔物を従えての慣れぬ戦だ。頼りの魔女はミルレオが散らした。魔物は両軍を襲う暴徒と化している。

少年はひょいっと肩を竦めた。

「いいなぁ。綺麗で強いお姫様。しかも、同じ魔女ときたもんだ。あんたのとこで魔女は当たり前かもしんねぇけど、こっちでは全然違ぇんだよ。魔女ですれてねぇ奴なんざいねぇんだ。だから俺らからしたら、あんたは奇跡だよ。珍しいいし、羨ましいいし、恨めしい……いいなぁ、欲しいなぁ、あんた」

「欲しいと言われても、私は二つに割れません」

弟妹が残り一つを争ったお菓子を思い出す。半分に割るか、通りすがった母が摘まんでいくかで決着は付いた。

少年はにこにこしていた。

「当たり前じゃん。だから奪うんだろ？」

無邪気に言い放った瞬間、背後に人の気配を感じた。

ここは空の上だ。視界は開け、術を使っての飛行なら気づかないはずがない。だから、イルと呼ばれていた青年だと気づくまでに少しかかった。目の前の少年が従者として連れていた、金属が掠れたような声をした青年だ。穏やかな顔つきをしていたはずの青年は、驚くほどに無表情でまるで別人だ。

「空間、転移……そんな……」

王宮付き魔女でさえ、これほど見事にはこなせないだろう。少しでも着地地点がずれれば身が捩れて死ぬ危険を伴う術だ。現にウイザリテでこの術を扱える魔女はほとんどいない。それを、イルは呼吸するように簡単に使ってしまった。ミルレオは、怖じるように両手を胸の前に合わせた。無意識に指輪の感触を確かめる。

「天堕つ、地裂け……」

術は、発動させなければならない。自身を守るより大切なものがある。王族として、母の娘として。何より、共に過ごした仲間を守るため。優先されるは彼らの安寧だ。それらを守れるのならば、痛みも屈辱も、死さえも厭わない。

「神怒り！」

イルは何も言わなかったし、何の表情も浮かべない。ガウェインが放った矢を首を捻る動作で避け、淡々とただの動作として腕を引き、ミルレオの腹に拳を叩き込んだ。

頽れる姫様の姿に戦場のあちこちで悲鳴が上がった。グェッサル軍は既に軍隊の様相を呈していない。逃げ惑いながら魔物に食われている。しかし、悲鳴を上げたのはウィザリテ軍だった。姫様が、負傷して尚戦い続けてくれた姫様が、敵の手に落ちた。

決死の覚悟で後を追おうとしたウィザリテ兵は、はたと足を止めた。夜空に混じって分かりにくいが、さっきまで姫様がいた場所に何かがあった。ぶどう酒の色に似た血陣だ。術者が気を失い、その場を離れて尚、術は効力を失っていない。

男は、夜が明けたのだと思った。随分早い夜明けだ。戦いに明け暮れ時間の感覚が分からなかったのかもしれないが、それでも夕方から戦っていたにしては疲労が少ない。見上げた空は真っ黒だ。

夜明けは、地底から現れた。

大地が割れ、真っ赤な炎が魔物を狙うように湧き出していた。穢れの象徴である魔物の血肉は病魔を呼ぶ。死骸は骨まで燃やす必要があった。この数の魔物を放置するわけにはいかない。だからミルレオは、魔物だけを狙い、陣を敷いた。意識が途絶えても意思が消えないように、自分である血液で陣を残したのだ。難しい術で自らの血液を使う為、練習も困難な術だ。集中する為にミルレオは防御を捨てた。

醜悪な断末魔の叫びを上げて滅されていく魔物を呆然と見遣り、兵士達は膝をついた。この数の魔物を討伐するとなると、被害は百や二百ではなかっただろう。その分を、防御を捨ててまで、担ってくださったのだ。

「姫様っ………………！」

雪幻の妖精。通り名の通り儚げで美しい少女だった。血を流して尚、自分達のような軍人を守るなんて、守ってくれるなんて思わなかった。役立たず。中央から届いた蔑みを鵜呑みにし、会った事もない少女を嘲っていた自分達を。

「立て……立て貴様らぁ！」

絶叫に近い声を上げたのは、第二軍団長キルヴィックだ。魔物に喰らいつかれたのか、袖が破れて抉れた腕を振り回し、周囲の兵士を怒鳴りつける。

「あれほどに美しい人を奪われてへたり込む気持ちは分かるが、魔女で美女で姫様を奪われて、ウイザリテ軍が成り立つかぁ！　妖精を取り戻せ！　我が国の秘宝、我が国の姫様、我が国の妖精ぞ！　閣下！　許可を！　閣下ぁあああああ！」

「メリッサ、行け」

静かな声に、キルヴィックの軍馬が彼を乗せたまま突如走り出した。

「メリッサ!?　俺の女神!?　どこに行くんだい!?」

キルヴィックの声と同様に段々小さくなる影を追い、彼の部下達が慣れた様子で追いかけた。

残ったのは呆然とした兵士と第一軍団長ヴァナージュだ。

「あ、あの、メリッサって」

「馬の名前だ」

「なんで、馬……」

「メリッサのほうが賢いからだ。お前達も何かあったらメリッサに頼め」

怪我はないらしいが、返り血で汚れたヴァナージュは、執務室にいるときと変わらぬ声音で淡々と指示を出した。

「閣下は既に姫様救出に向かわれた。我々は残った魔物討伐と、グエッサル軍を鮫の口まで徹底的に追いやるぞ。徹底的に、末代までの恐怖を以てしてだ」

「は！」

「……姫様が、御身の防御を捨ててまで与えてくださった好機だ。これを活かせずして、ウィザリテの民を名乗れるか」

無表情の下でかなり煮えくり返っていたようだ。

ヴァナージュの指がぎちぎち動いているのを見た兵士は、静かに頷いた。


明日からお勉強するのよ。

立派なお母様。綺麗なお母様。強いお母様。素敵なお母様。

大好きなお母様になるお勉強をするの。

お母様になれるのが嬉しくて、楽しみで、夜も中々寝付けなかったのに朝は早くから目を覚ましてしまった。侍女が起こしに来るにも随分早い時間だ。寝直すにも高揚した心は睡眠など求めていない。いつも寝起きする自分の部屋も、時間帯が違うだけで何だか違う。それが余計にわくわくした。

待ちきれなくて外に飛び出した。

朝露に濡れた庭園は霞の中で芳香だけが濃厚で、とても神秘的だ。誰も見ていないのをいいことに、好き勝手に術を使う。

光は丸い方がかわいいな、色もいっぱいあったらきれい、風が裾を揺らすのも楽しい。

くるくる踊っていたら、昨日眠る前に読んでもらった絵本を思い出した。花の精と人間の王子様のお話だ。

王子様は『きぬのようなきんいろのかみ』で『えめらるどのようなひとみ』で『やさしく』て『つよく』て『かっこいい』のだ。自分は『ももいろのかみ』じゃないから、花の精じゃないけれど、いつかはお父様のように素敵な王子様が現れるわよと、お菓子を焼いて髪を焼いたお母様がウインクして教えてくれた。

一通り遊んで満足した時、誰かがいるのに気がついた。呆然と立っていたのは、年上のお兄さんだ。お母様が焼いたクッキーと同じくらい黒い髪だ。

すごく苦かったし、食べたらじゃがりじゃがりって音がした。お父様は、焼きすぎだねぇと笑って、噛み疲れて熱を出した。マドレーヌの方は、ばがんって音がした。歯が立たなかったけれど、お母様は変ねぇって首を傾げながら普通に噛み砕いていた。宰相のおじさんは歯が欠けた。お父様とお母様は凄いなぁ。

　でもね、お母様。私、お母様のクッキーも、黒い髪の王子様も、好きよ。好き。だぁいすき。

「……お母様……」

　いま思えばあれはお菓子じゃありません。じゃあ何かと聞かれても困るが、お菓子じゃないことだけは確かだ。強いていうなら、お菓子になりたかった何かだ。

　ミルレオはぼんやりと、木々が覆った空を見上げていた。葉の隙間から零れる星では、ここがどこかも分からない。身体中に力が入らない。身動ぎした瞬間、脳を掴まれたような激痛が走り、目の奥が真っ赤になった。指一本動かせない。

　ゆるりと止まりかけた思考を無理矢理回す。そうだ、今は戦闘中のはずだ。戦はどうなったのだ。皆は、ガウェインは。

「起きた？」

　無邪気な声がすぐ傍で聞こえて、ぎょっと視線を向けた。声の主はミルレオのすぐ隣に座っていた。上半身裸の少年は、肩からきつく布を巻いているが、わりと適当だ。止血さえ出来ればいいのだろう。そして、その布には見覚えがある。ミルレオのドレスだ。

「あいたた。畜生、致死毒じゃないのはいいけどさ、止血防止薬ってどんだけ性格悪ぃんだよ」

ミルレオの傷も鏃が抜かれた応急処置が施されていた。止血に使われたドレスが悲惨な事になっている。剝き出しな上半身はミルレオも同じだ。掛けられた黒色の上着でかろうじて隠れているが、それだけだ。足も何だかすーすーするが、確認する力も、恥じ入る気力も余力もなかった。

「……かえ、し、て」

声が出ない。浅い息を吐く度に熱と思考、大事なものが消えていく。それでも気持ちが止まらない。帰して、私をあの場所に帰して。

「だぁめぇ」

酷く楽しそうな笑顔が、無邪気に残酷な言葉を吐いた。ドレスを切ったナイフを器用にくるくると回され、無造作に顔の横へつきたてられる。脅える気力も、もうなかった。

「あんた、自分の価値分かってる？　あんたの国じゃどうか知んないけど、魔女の知識を持った、俺達からしたら秘術の塊。あんなでけぇ術、俺らは知らねぇ。そんなのをぼんぼこ使う奴連れて帰ったら、出世間違いなしだね、こりゃ」

近づいてきた顔と間近で向き合う。血の匂いが濃い。

「しかも、伝説級の化け物、女王レオリカの娘で現役王女で雪幻の妖精？　連れて帰らない理由がねぇだろ。王族の誰かと番ってウイザリテの血統を手に入れるもよし、俺らとかけ合わせて先祖返りの魔女を作ってもよし。あ、先祖返りってのは、あんたらみたいな力持った魔女な。こっちじゃ一人一点集中の技しか使えねぇの。俺はこれだし、イルは転移だし」

　指先に現れた銀矢を楽しげに浮かべ、動けない身体の周囲に次々に突き刺していく。伸し掛かってくる身体が重い。傷口から血が押し出されてきそうだ。しかし、痛みや圧迫感より先に、嫌悪感が湧き出してきた。

　疲れきって指すら動かせないのに、肌が粟立って吐き気が込み上げてくる。見た目は麗しい少女なのに、やはり男の臭いがする。以前に顎四つに伸し掛かられた時以上の嫌悪感だ。

だって違う。この腕じゃない、匂いじゃない、温かさじゃない。

あの時はただ恐怖だった。今は違う。あの人と会わなければ知らなかった拒絶がある。ただの嫌悪感と、この人ならと思った腕ではない嫌悪感は、酷い違いだ。

　粟立った肌に気づいた少年は口角を吊り上げる。長い銀青が首筋を掠めた。

「おや意外。俺、外見はどうにも美少女なもんで、結構際どく戯れても危機感持たれにくいんだけどなぁ。お姫様、可愛いふりして勘がいいね。今の段階だとあんたとかけ合わされる可能性が一番高いの、お・れ。ここで手に入れといたほうが、後々めんどくないかなぁとか思ってる。その方が俺の生存確率も跳ね上がるしね。今はグエッサルで俺が一番強いのよ、これが。でもさぁ、この戦負けただろ？　役立たず認定されると殺されちゃうわけ。殺されなくても、貴族の玩具に下げ渡されるだけ。男に嬲られるより、女嬲るほうが断然いいだろ？　だから、ね？　これが一番確かで幸せな方法なの。まあ、俺にとってはだけど」

勝手なことばかりだ。一番悔しいのは、その勝手に反撃出来ないこの身だ。抗おうにも、指一本思い通りにならない。慣れた諦めが胸の中から湧き上がる。役立たずのこの身では、何もできない。何もできないから、言われるがまま奥に仕舞われていよう。そんな、重苦しくも穏やかな諦念を、ぐつぐつと煮えたぎる熱が押し戻す。

僅かに身動ぎして走った激痛に、少年は場違いなほど優しい声を出した。

「ああ、ほら。動いたら痛いよ。大人しくしてて。俺、あんた嫌いじゃないから、ちゃんと優しくするから。二人で幸せになろーねぇ」

「い……や……」

ほとんど呼吸に近い声しか出せない。首筋に少年の頭が入り込み、ぞろりとした感触が皮膚を舐める。ひくっと引き攣った反応を楽しそうにあやす手が、剝き出しの足を撫でた。スカートは裂かれているようだ。足にも傷があるのか、撫でられた瞬間痛みに呻く。

以前は、ただ嫌だった。生理的な本能で嫌悪した。

今は違う。あの人でなければ嫌だと思う心が拒絶を生む。そう思える人ができたから、ミルレオの全てが拒絶反応を起こしていた。

「あなたじゃ、ない」

「え？」

動け、動け、動け！

力の入らない震える身体を叱咤し、呼吸に必要な体力さえも捻り取り、ミルレオは少年の顔に指を突きつけた。詰めていた息を吐いて痛みに耐え、ともすれば崩れ落ちる身体を支える。

「私の世界は、あなたじゃないっ……！」

指先で、小さく弾けただけの静電気。けれど少年は飛びすさって距離を取った。

直前まで彼がいた場所を黒刃が薙ぐ。あっという間に踏み込んだ切っ先が、少年の細い喉元にぴたりと定まった。

「そこまでだ」

刃を突きつけたガウェインの鋭い声に、少年は舌打ちして両手を上げた。

「ちょっと、やめてくれよ。ウイザリテが鮫の口を越えてくるなんて、侵略行為だよ」

少年達は鮫の口まで撤退していた。踏み入るのを、ガウェインは躊躇わなかった。

「姫様がおわす場所が俺達の国でな」

「えー、それってずるっこい！」

「は、西方守護軍は満場一致で姫様の僕だ、阿呆が」

鼻で笑った柄の悪い守護伯に、少年は頬を膨らませた。

「ってか、俺の部下はどうしたのさ、それ」

「魔女と作った国だ。魔女の力を封じる術くらいある」

視線だけで促した先でイルは封石を首につけて縛り上げられている。掟を破った魔女を牢に入れるにしても術を使われては意味がない。魔女が当たり前に暮らす国だからこそ、魔女による犯罪に対応する術も生まれるというものだ。

少年は口笛を吹いた。

「イルの転移に只人がどうやって追いついたのさ」

本気で不思議そうな少年の首にも封石を装着しながら、ガウェインは事も無げに言った。

「転移の先にいればいいだけの話だ。……ああ、そうだ」

何でもないように振り上げられた腕が、美しい少年の顔に拳を叩き込んだ。思いきり、手加減などない。まさかこの状態で拳がくるとは思っておらず、油断していた少年は吹き飛んだ。

「ったぁ！　何すんだよ！　顔は俺の取り柄なんだぞ！　こんな美人殴り倒すって、あんたどっかおかしいんじゃないの⁉」

吐き出した血の中に白い物があった。歯が折れたのだろう。

「この程度で済んでよかったな。本当なら嬲り殺してやりたいところだ」

「駄目だって。この顔は価値あるんだよ？　誰だって、重宝するなら不細工より美人だろ？顔がよけりゃ、それだけで有利なんだよ。この顔で生き延びてきたのに、遠慮なく殴りやがって……ざけんなよ」

「生憎、ウイザリテには本物がおわすからな。紛い物に価値は感じないんだ。連れて行け！」

吐き捨てたのはガウェインも同じだ。もう構う手間も惜しいとばかりに早々に背を向け、トーマスが診ているミルレオに駆けつけた。

ミルレオはぐったりと動かない。呼吸も浅く、ただでさえ白い肌は血の気を失って死者のそれを思い出させる。赤い血がこびりついた青白い肌に、既にドレスの様相を為していないぼろぼろの服。抱き起こされる際も、目蓋すら動かなかった。

「ご容態は」

「体温も低いですし、早く治療しなければ！」

泣きながら、ドレスの端で作られた包帯を手早く締め直しているトーマスの処置を手伝い、華奢な身体を抱き上げる。腕は落ちるがままに頼りなげに揺れただけだった。

「すぐに撤収する。逃亡兵に見つかると面倒だ。行きとは違う道を使うぞ。ジョン、先導しろ」

「はっ！」

ミルが見たら仰天するくらい真面目な敬礼だ。ガウェインは一旦預けた身体を乗馬してから再度受け取った。意識を失った人間の身体は重いものだ。なのに少女は、心配になるほどふわりと腕の中に収まった。

剝き出しの肌が多い状態は彼女の上着ではフォローし切れなかった為、ガウェインの上着を被せている。疾走に合わせて銀青が風に忠実に靡いた。

「……ミル……」

迷った挙句、一応どっちとも取れる名を呼んだ。血がこびりついた肌が痛々しく、その上でなお傷つけられた華奢な身体。守ってやれなかった自分が不甲斐なく、最後まで諦めずに抵抗してくれた彼女の気持ちがいじらしくて堪らなかった。

呼ばれたからではないだろうが、緩慢に金紫が開いた。全力で疾走中の馬上で危険な行為だと分かっていながら、ガウェインは覗き込まずにいられなかった。

「ミル！」

金紫は状況が分かっていないのか、ぼんやり視線を動かしてガウェインを捉える。ふわりと、花が綻ぶより可憐に、母を見つけた幼子より無邪気に、教会の女神より愛おしげに、笑った。

「閣下!? どうしました!? 閣下!?」

再び意識を失った身体を抱いたガウェインの横を、同じように疾走していた部下が仰天して声を掛けてきた。

「……ほっといてくれ」

「いや、耳真っ赤ですよ!? 暗いのに分かるくらい赤いですよ!?」

「やかましい！」

八つも年下の女の子に振り回されているだけだとは、流石の彼も叫べなかった。

第五章　西方守護伯付き魔女と西方守護伯の初陣

優しい手が頭を撫でている。幼い頃からこうやって、髪を整えるように撫でる手が大好きだった。けれど、今はもう一つ大好きな手を知っている。乱暴なようでいてちっとも雑じゃない動きをする人の手だ。掬い取られるように浮上した意識は、すぐに沈んでを繰り返している。

「あれまぁ、起きたかい?」

ちょっと間が抜けた穏やかな声は父のものだ。ミルレオは逃げていく意識を掻き集めて目を開く。それだけで疲れた。

「おと……さま……」

「ああ、ああ、無理に喋ってはいけないよ。何か飲めそうかい?」

細く中心に穴の開いた植物の茎のような棒は、寝ていても水分が取れる優れものだ。寝込むことが多い父の為に開発された物で、今ではウイザリテ中の病院で使われている。

少しとろみのついた飲み物をゆっくり飲み干して、父の薄い背中をぼんやり見送った。いつもこんな風に見えているのだろうか。普段とは逆の光景が何だか擽ったい。燃えるような赤い髪なのに、その下にあるのは子どものように幼い痩せた顔だ。髪色だけ見たらやたら攻撃的なのに、目元は優しすぎるほど優しく、手首はミルレオと同じくらい細い。

線も細いし身体も薄いことを本人は多大に気にしているらしく、ちょっと元気だと鍛えようと散歩に出て、外出七歩で熱を出して帰ってくる。目標は十歩だ。

「あの、ね、あの、お父様……」

掠れる声で必死に言い募る娘に、父ナルテンは分かっているよと頷く。

まるで幼い子どもを寝かしつける絵本を読むように、今までのことを教えてくれた。

ミルレオは一ヶ月近く眠っていたらしい。これは覚悟していた。大技の使いすぎだ。その上出血も激しく、一時はかなり危ない状況だったそうだ。昔、母が眠りについた時よりは軽い状態だが、基本的に魔女は、限界を超えた魔法を使えば眠りにつく。魔法に必要な魔力を、体力や生命力から絞り出すからだ。無理矢理使った力が多ければ多いほど、眠る期間も長くなる。

危ない状況に慣れている父は、お花畑は綺麗だっただろう？　と川の話もいっぱいしてくれた。父の気付け薬は今よりもっと即効性のある物にしてもらおうと、彼からしたら苦味が増すありがたくもない決意はしっかり固まった。

西部の戦は、王宮の援軍が到着する前に大半が終わっていた。グエッサル軍を追い返すのは勿論、魔物を目の仇に潰して回る西方守護軍のほうが鬼みたいでしたと、援軍の魔女は語った。

ミルレオは魔女による治療を受け、すぐさま王宮へ運ばれた。『西方守護伯付き魔女ミル・ヴァリテ』も重体となり、実家のある王都に戻されたとなっているらしい。ミル宛の手紙がたくさん来ているから後で読むといいよと教えてもらった。本当に物理的な山に、嬉しさと恥ずかしさが湧き上がってくる。そんな娘を見て、父親も感慨深い笑みを浮かべた。

「君はいい経験をして、いいお友達と巡り合えたんだねぇ。私もそうやって経験を積んできたよ。フジャ、セフィーナ、ガセッド……」

感慨深げに名を紡ぐ父に、ミルレオは沈黙を守り、そっと目を閉じた。全部、医者の名前だ。捕らえた『魔女』の数は、少年とイルを含めて八名。

グエッサルに魔女がいた事実と合わせて、これは大きな収穫だ。少年らの言を信じるならば、グエッサル以外にも魔女が生き残っているらしい。その事実は、ウイザリテを大きく動揺させた。あれだけ大々的に登場されては、いくら箝口令を敷いても意味がないと、グエッサルの魔女の存在は公表されたのだ。

彼女もしくは彼らをどう定めるか。まだ決まっていない。敵として排除するのは簡単だ。けれど、ウイザリテは魔女の国。魔女と、人の国だ。奴隷のように扱われる魔女がいるのなら、保護するべきだった。それが、ウイザリテが国として成り立った始まりでもある。

魔女に生きる権利を。人と生きる地を。ただそれだけの願いで構成されたこの国が、敵国に所属しているとはいえ、権利を剝ぎ取られた魔女を見捨てては国の根幹が揺らぐ。それが所属ではなく所有であるのなら、尚のこと。

もしも保護に乗り出すのであれば、これからウイザリテは溢れ出すことになる。その際も先陣を切るのは魔女だ。国外に出た経験のない魔女が大多数の現状では、中々苦労しそうである。

ミルレオも、一から勉強しなければならないだろう。密偵として潜り込むのであれば人間のほうが溶け込みやすいだろう。だが、生きて帰るとなると魔女のほうがいい。

母は、この国は、どんな決断を下すのか。今は、歴史だけが知っている。

魔物の群れ、魔女の出現、大臣からの情報流出。これだけの要素がありながら西方は国境を侵させなかった。この武勇伝はウィザリテ中で持ちきりだという。ついでに、西方守護伯は若い未婚の『いい男』だと噂が立ち、出自で敬遠していた者達から見合い話が殺到だそうだ。凄く、複雑だ。

もにゅもにゅとした感情を持て余している娘に、ナルテンは苦笑した。わがまま一つ言わない娘が起こした珍しい感情だからだ。

「まあ、君も似たような状況なんだから、そんな顔をするでないよ」

「え……？」

「いまミルレオ王女の人気が爆発していてね、求婚者が殺到中だよ。派手な術いっぱい使って西方守護軍の心をがっちり摑んじゃったからねぇ。噂が噂を呼び、凄い事になっていてねぇ」

表に出て来ないのは美しすぎて求婚者から逃れる為だとか、術の失敗は強すぎる力を隠す為だとか、とにかく全て良い方向に捉えられているという。

美しすぎて花の精と仲が良く、香水や入浴剤の調合を得意とする、多趣味な才女との噂もある。庭園によくいたのは王宮に居場所がなかったからで、調合を得意とするのは庭園で一人でできる趣味だからで、才女はきっと引き籠もって読み漁った本の数だろう。捉え方ってすごい。

「お父様……」

「ん？」

「私、もう、外を歩けません……」

「あはは。いいじゃないか。私なんかは実はもう死んでいるんじゃないかって噂されているんだよ。廊下を歩きながらちょっと吐血しただけなのに」

「お父様!?」

父の健康状態はともかく、それ以外は久しぶりに穏やかな時間を過ごせた。西方では見るもの全てが楽しくて、ちっとも落ち着いていなかった気がする。あんなにはしゃいでしまって、ガウェインに子どもっぽいと思われていないだろうかと心配だ。

眠るかと聞かれたけれど、もう少し今のままいたくて断ったら、手紙の山を渡してくれた。

『拝啓　残炎の候、貴公ますますご清祥のこととお慶び申し上げます。姫様と並び、貴公の容態も安定しているとのこと心よりお喜び申し上げます。まだまだ暑い日が続きますが、こちらの事はどうぞ気になさらず、ご自愛のほどお祈り申し上げます。　敬具　トーマス』

『ソラトビタイ　ハヨモドレ。　ザルーク』

『ほら見てみなさい。全部売れたわよ。ざまあみなさいよ。全部売ったお金どうするのよ。早く戻ってこないとこんな大金預かるなんて迷惑だわ。それに予約だっていっぱい入ったのよ。

早く戻ってこないとあたし一人でどうしろっていうのよ。まったく、本当に迷惑だわ。早く戻ってこないと迷惑なんだから！　サラ』

『むきむき　むきき　むきむくむき　むききききき　ジョン』

「……ジョンさんの筋肉って手紙が書けるのね」

リアの絵の判読くらい難しい。

腕を上げるのも困難な身体は、横になって手紙を眺めているだけで限界が来た。

いつの間にかまどろんでいたらしい。ふと目を覚ますと、隣の部屋だろうか、少し離れた場所で話し声が聞こえた。

「……きまで……起きて……で」

父が誰かに説明している。大丈夫、起きたよと言おうとしたのに声が出なかった。

そっと部屋に入ってきたのは母だった。相変わらず女でさえ見惚れる魅惑の色気であるが、ミルレオは見慣れているので特に感想はない。

レオリカは片手で椅子を引き摺って寝台横に構え、ドレスの裾を捌いて豪快に座った。乱暴なのに雑じゃない所作は別の人を思い出した。住み慣れた場所にいるのに、思い出すのは遠い地にいるあの人ばかりだ。

「目を覚ましたって聞いて。どう？　具合は」

母は枕元に散らばった手紙を掬い、よりにもよってジョンの手紙に目を通している。ふむふむと頷いている母は、どうやら筋肉と会話できるらしい。さすがお母様。今度教えてください。

「平気です。あのね、お母様」

「ん？」

「約束、したから。あのね、私ね、好きな人が出来ました」

思ったより百倍くらい恥ずかしかった。けれど約束したから。まさかこんなこと言う日が来るなんて思いもしなかった。ずっと役立たずな自分だけで手一杯だったのだ。今でも一杯一杯だけれど、好きなのだ。

母はたっぷりとした銀青を払い、枕元に肘をついて顎を乗せた。

「どんな人？」

「えーと、ちょっと目つきが悪いです」

「ぷっ……」

「？」

吹き出した母は、気にするなといった風に手を振った。

「皆でね、物凄く真剣にじゃんけんするの。本当に凄いの。鬼気迫るって、きっとああいう事を言うのですね。確か……最後のハムは誰が食べるか、でした。それで、最後は腕相撲で決着をつけるの。部屋の中の温度が凄く上がって、メイド達はみんな逃げていっちゃいました」

「へえー、楽しそうね」

わたしも交ざろうかしらと笑う母はどこまで本気なのだろうか。全部本気な気もする。

熱が出てきたのか視界も思考もぼんやりする。けれど今を逃すと忙しい母とゆっくり過ごす機会を作るのは難しい。伝えられるだけ伝えたい。

「誰の事も無視したりしないの。どんなにくだらない事でも、それが悪意からの言葉でも、ちゃんと全部答えてくれるの。聞いていないようでいて、ちゃんと全部聞いてくれてて、字は少し右上がりで、サインするのがとても速くて、でも判子を押すのはちょっと苦手みたい。夜も遅くまで仕事してるのに、朝は速くから鍛錬してて、いつ寝てるのかしらっていつも心配。ミルって呼んでくれる声が好き。頭ぐしゃぐしゃって撫でてくれる大きな手が好き。あのね、指が凄く綺麗なんです。細くて長くて、いつもジョン達と殴り合いしてるって忘れるくらい、優しいの。ほんとに優しくて、待ってくれるの。何て言ったらいいか分からなくて口ごもっても、待ってくれるの。急かしたり怒ったりしないから、逆に、私、いっぱい泣いちゃって。どうしてかしら。あの人の前だと、凄く、泣いてしまうの」

「お母様もよ。お父様の前だとすぐに眠くなってしまうし」

「え？　私、どきどきするから眠れないわ」

目蓋の上にキスが降ってきた。目を開けると満足そうな母がいた。

「それと、ごめんなさいね。貴女に発破をかけようと適当な相手を見繕ったけれど、思っていたより気持ち悪かったわ。顎が四つはない。あれはない。そして思っていたより変態で見境がなかったわ。……怖かったわね」

「ええと……最初はびっくりしましたけど、今は、あんまり」

「そうなの？　でも、ごめんなさい。あれは私がやり過ぎたわ。もっと別の方法で発破をかけるべきだった。魔法を封じた上で崖から突き落とした方がよかったわね。あ、この方法はね、私の調子が悪かった時期にお母様が編み出した必勝法なんだけどね！」

顎四つと命の危機。どちらかを選べと言われたら、どっちも嫌だとしか言い様がない。祖母仕込みの母の基準は、ミルレオには激しすぎるようだ。

しかし、激しい動揺も体力が伴わねば流れるものだ。一回目を閉じたことで、どっと眠気が訪れる。うつらうつらと意識を揺らし始めたミルレオの頭に、柔らかな手が触れた。

「……王としては、貴女が西にいてくれて丁度よかったと言うべきなのでしょうね。けれど、母親としては胸が握り潰されたようだった。それなのに……戦場に娘を行かせてしまったのに、貴女ならきっと勝てると思った私も、嘘ではないの。駄目ね、私。母としても王としても、中途半端だわ」

少し、驚いた。母が、あの完璧な母が、そんな、私みたいなことで悩んでいたなんて。

「私は……あの場にいたのが私でよかったと、思います」

「ん、分かったわ……少し眠る？」

「まだ、お話ししたいです」

「そうね。お母様も聞きたいけど、貴女がもう限界みたい。少しお休みなさい。ありがとう、ミルレオ」

父やガウェインの手とは根本的に違う柔らかさが目蓋を閉じたら最後、意識は急速に沈んでいった。

とろとろまどろんでいる内に、いつの間にか父が戻ってきたのだろう。熱があるとき以外は冷え性で冷たい手が、熱を測るように額へ触れた。

「おとー……さま……」

父の手はこんなに硬い厚みを帯びていただろうか。所々ささくれ立っていて、掌には剣ダコ、指にはペンダコがあっただろうか。これではまるで。

「お父様……隊長みたいな、手……」

昔に戻ったみたいに甘えて頬を寄せれば、手はぴくりと動いた。

「俺は大公殿下になった覚えはないぞ、畏れ多い」

何だか熱に浮かされているようだ。聞きたかった声がする。夢だろうかとそっと目を開ければ、やっぱり夢だ。会いたかった人がいた。

「ふふ……」

「どうした？」

「嬉しい、夢」

「…………頼むからその顔やめてくれ。手を出せない時にそれはお前、ほんとに魔性だぞ」

いい夢だと思ったのにガウェインは困り顔になっている。これは夢の中でも消え入る必要がありそうだ。窓をぼんやり見ていると、慌てたように長い指が頬を挟む。そっと向き合って唇が重なった。少しかさついて薄い唇……やけに現実的というか、息、息が……苦しい？

「夢じゃないぞ、言っとくけど」

「え」

「目つき悪くて悪かったな、おい」

「え!?」

ここで完全に意識が覚醒した。

目の前には目つきの悪さが二割ほど増した、さっきまで凄く愛しく思っていた人の顔がある。思わずベッドに伏せたまま仰け反った。傷口が痛んだ。

「ちなみにお前が陛下と話してた時からいたぞ。今から一時間ほど前のことだ」

「え」

「その間に俺は正式な謁見もこなしてきたぞ」

「え」

「今回の戦で褒美を賜るという栄誉を頂いたのでな、お前を貰っておいた」

「え」

「非公式な謁見で呼び出されてな、そこでまず言った」

「え」

「お前の意見優先だからな、さっき聞きにきた」

「え」

「お前可愛かったぞ」

「え」

「で、だ。さっき公式な場で正式に申し出て、正式に貰った」

「え」

「これでお前は、名実共に西方守護伯の婚約者だ。宜しく頼む」

ぽんぽん紡がれる言葉についていけない。しばしの沈黙後、ようやく理解が追いついた。

「え、ええええええ!?」

身体は動かなかったけれど気持ち的には飛び起きた。動揺激しいミルレオに、ガウェインはちょっと眉を寄せる。

「俺は最初にお前に申し込んだぞ」

「え、あれ、え!? いえ、それは覚えています、け、ど…………え!?」

話が進みすぎていやしないか。好きだなと流れで気が付いて、初恋だーと思う間もなくキスをして、目が覚めたら婚約者。何が何だか分からない。

ガウェインは謁見用の正装だ。いつもより装飾品が多くて、裾も長くて刺繍も多い。横髪につけた髪飾りが鬱陶しいのだろう、時々目を細めて払っている。文句なくかっこいいと思うのは惚れた欲目だろうか。いいや、ただの事実だとミルレオは確信した。

「おい、どうした？」

黙りこんでしまったミルレオに、体調が悪化したのかと案じる。

「……いえ、その……すみません。隊長がかっこよく、て」

可愛い年下の婚約者に恥じらいながらそんなことを言われる男の身にもなってほしい。ここは王宮で、今は席を外しているとはいえ、彼女の両親である女王と大公が近くにいるのだ。しかも相手は重傷中。どんなに可愛くても手が出せないつらさを分かって……くれるはずがないところも可愛いと思う自分は、多分もう駄目だろうと、ガウェインはうなだれた。

「あ、あの……隊長」

顔半分を布団に埋めて、ミルレオは恐る恐る声を掛けた。ガウェインは片手で顔を覆って深く息を吐いたまま動かない。じーっと待つのは得意だ。ガウェインはというと、やけに静かになったミルレオを不思議に思って顔を上げ、不安そうな金紫と目が合った。ちょっとだけ帰りたくなった。

「……分かった。お前は俺に喧嘩を売ってるんだな」

「え⁉」

「元気になったら全力で買ってやる」

「……怖いこと言わないでください……隊長ぉ……」

「…………いかん。墓穴を掘った」

しばし沈黙が訪れた。

「ミルはどうなってるか聞きたかったんです……」

なのにどうしてこうなったのだ。

お互い疲れて、ちょっと休憩を挟んだ間にまた睡魔が頭角を現してくる。

「その件もお前次第なんだが、出来るならミルとしても戻ってほしいな。あいつらも口を開けばミル、ミルだから、うるさくてならん」

ミルレオが嫁にいくとしてもすぐに話が進むわけではない。とんとん拍子に進んでも来年辺りの輿入れになるだろう。その間はまだミルでいいのだ。

「……私、ミルレオだって言ったら、隊長に嫌われるって思っていました」

ガウェインが王女に対して思い入れがあるのが分かってからは余計にだ。

「確かに俺は、ずっと姫様にお礼を申し上げたかった。煮詰まってどうしようもなくなっていた俺を救ってくださったこと、深く感謝していますと」

慌てて何かを言おうとしたミルレオに、ガウェインは苦笑しながら緩く首を振った。確かに、ミルが王女とは欠片も思わなかった。当然だろう。

偉大な女王と比べられて散々こき下ろされている王女。

表舞台にも出られないほど、深く傷ついてひっそり暮らしておられるのだろうと思っていたら、まさか種族性別ミル・ヴァリテとして手元にくるなんて誰が思う。

「王女がミルになったのなら話は違ってたんだがな。俺にとったらミルが王女だったんだ。受け入れる以外どうしろと？」

ちまちま動いては些細な事に身体一杯で驚くわ、喜ぶわ、怖がるわ。警戒心を抱いていた自分が馬鹿らしくなるまで時間は掛からなかった。その上、可愛いと思ったなら、もう駄目だろう。

「重圧に押し潰されながら、腐らず擦れず、必死に真っ直ぐ頑張っているお前が可愛かったよ。その上、そのままの真っ直ぐさで慕ってくれたら、普通もう駄目だろ。完敗だ。俺は、お前がずっと可愛かったよ」

頑張って開けているようだが、すでにミルレオの瞳は蕩け始めていた。もう、半分眠っているのだろう。

「可愛いと思った先は、どうやったら自分の女にできるか、だろ？」

とろとろ目蓋が落ちていくミルレオに苦笑しつつ軽く頭を撫でる。ふわりと微笑んだ少女に再び掘った墓穴を思い知り、ガウェインは一人で嘆息した。

ガウェインの王都滞在は七日。

慌ただしい西方を留守にするには長い時間だが、ヴァナージュ達がよくやってくれているからと、毎日時間の合間を縫っては必ず見舞いに来てくれるガウェインが言っていた。

今日で六日目。明日の午前中には王都を発つ予定だ。流石に夜遅く王城を発つほど急いではいないが、朝食を取ればすぐに発つと聞いている。

戦が終わったばかりの西方で、守護伯でなければ収束できない事案は多々あるのだ。最後に大規模な晩餐会を開いて西方守護伯を労うのだが、出発時間を考えれば労う晩餐会は彼の仕事を増やしているだけの気がする。だが、これも付き合いなのだろう。

日増しに疲れていくガウェインが退出した後、こっそり父が教えてくれた。彼も大変だねと。

「恩賞にかこつけて、無理矢理王女と婚約した大悪党って、専らの噂だよ」

のんびりした父の言葉に、ミルレオは痛みも忘れて起き上がった。気持ちだけは。

寝台の上で身悶える娘を宥めながら、ナルテンはのほほんと額に指を置き、押し戻した。

「私は、個人的にとっても彼が好きなんだ」

おっとりと意外なことを言った父に、寝台に押し戻されたミルレオは瞬きをした。

「レオリカの生誕祭で何回か話したことがあってねぇ。彼だけだったんだよ。表に出て来ない王女の話を問うてきて、元気だよって言った時、心から喜んでくれたのは」

年に一度、自らの生存報告も兼ねて、ナルテンも公の舞台に立つのが女王の生誕祭だ。当然最後までいることは出来ないし、退出直後は即座に倒れることを覚悟しての出席だが。

ガウェインと話したのは毎年ではない。

全守護伯が王都に集まるわけにはいかない。守護伯という一つの枠組みとして、交代で一人か二人が出席するのだ。

ナルテンの体調もあるので長時間の話も無理だ。ここぞとばかりに大公殿下に媚を売ろうとよってくる人間も多い中、ガウェインだけは違っていた。有り触れた挨拶から始まり、ちょっとした世間話へと話は続き、決まって王女が元気かを尋ねるのだ。

生誕祭は冬なので、この間雪遊びをしていたけど風邪は引いてないよと教えると、その時ばかりは厳つくへの字だった口元が上がる。良かった、と。

「だから彼ならと君を任せたんだ。目つきが悪いからぱっと見好青年、といった風ではないのがまたいいよねぇ。逆に笑顔が際立つから、笑うとそれは人がいいように見え……おや、ミルレオ、起き上がっては駄目だよ。大人しく養生しておくれな？」

その話を聞いたミルレオは、一つ決意をして、両親に頼み事をした。

最初は渋っていた父に対し、母は親指を立てて許可してくれた。なんせ、無茶をするミルレオに心を痛めた父が自らの無茶を振り返り、周囲にこんな思いをさせていたのかと今更ながら反省してくれたからだ。

出入り口の扉の大きさからは想像もつかない高さの天井を見上げ、ガウェインは慣れぬ笑みを浮かべ、東方守護伯に別れを告げた。北南の守護伯は多忙につき今回は欠席だ。

東方守護伯が去るや否や、てぐすね引いて待ち構えていた人々がぞろぞろと輪を縮めてくる。ガウェインは何気なしに場所を移動して、大柄な貴族の陰に入るとさっと柱の脇に身を落ち着かせた。開催から一時間半。引っ切り無しに喋り続けた精神が限界を来している。そろそろ誰か殴りたい。同じように身を潜めながら、こっそり後をついてきたトーマスは流石に殴れないので、柱を殴ったら痛かった。

「ガウェイン！　行儀が悪いよ！」

行儀の問題ではないのだが、長い付き合いなのでつっこまないでおいた。

さわさわさわさわ。決して下品ではない声量で、訛りもなく聞き取りやすいのに聞くに堪えないのが貴族の話だ。言いたいことがあるなら直接目の前で言え。喧嘩なら喜んで買ってやる。素手でいいぞ。部屋中に充満する、賞賛と妬みの品評会に、ガウェインは鼻を鳴らした。

西方に王家の血を入れようとする成り上がり者が、恩賞にかこつけて王女を奪った。大人しい王女が断れないのをいいことに極悪人が。血と容姿だけが目当ての鬼畜。あれほど儚くお優しい姫様に対し、なんたる外道か。

「今まで散々貶めてきた野郎共が、掌返したように求婚だ？　寝言は寝て言え死んで言え」

噂には聞いていたが、登城してすぐに女王への謁見、非公式だが、に行けば、正式な謁見の間には行列が出来ていた。どいつもこいつも腹立たしい。中には顎が四つの奴もいたが、あれはまさか『ミル』に襲い掛かったヤワイモじゃないだろうな。もしそうなら煮付けた上で捨ててやる。食べ物を粗末にする暴挙に出るくらい疎ましい。

一方で聞こえる、王女への不満と嘲り。

どうせ情報が統制されただけだろう。あの王女にそんな真似できるはずがない。そんな実力も度胸もない。美しいだけの紛い物。とても王女に向けられるとは思えない罵詈雑言。現宰相が就任してから少なくなったと聞いて腹立たしさが倍になった。断然少なくなって、彼女が身を張って侵略を食い止めた直後で、この多さなのかと。

今までどれだけの悪意に曝されてきたのか。花畑で朝露を光らせて跳ねていた幼い少女が笑顔を失うまで、きっと時間は掛からなかった。苛まれ、嘲られ、蔑ろにされて尚、彼女が選んだのは他者を害する悪意ではなく、自らが消える術だった。

哀れで、いじらしく、愛おしくてならない。

きらびやかな宮殿でどんどん機嫌を急降下させていくガウェインに、トーマスも疲れきった顔で寄り添った。上辺だけのおべっかと、隠してもいない蔑み、どれがきても阻止しようと構えているのだ。そもそも、この六日間、怒濤なんて優しい言葉じゃ表せなかった。

何の話も聞いていないのに、ガウェインが王女と婚約したという絶叫報告が先に来た。王宮の噂とは凄い、そんな冗談が当たり前のように流れてきたよあっはっは、とか思っていたら事実だった。心優しい少年を見習って、ちょっと飛ぼうかと思った。元々前代未聞の侵攻を食い止めたガウェインへ好奇の視線が集まり始めていたところにそれだ。呼び出しに呼び出し、呼び止めに呼び止め。社交が好きじゃないガウェインが切れていないだけで奇跡だ。

トーマスは、余裕があれば王都のどこかで休養しているミルの見舞いに行きたかったのに、夢のまた夢で終わりそうだ。ガウェインは時間の合間を見て王女の見舞いに行っている。よく寝室での謁見が許されたなとか、そもそも何がどうなってこういうことになったのかとか、側近中の側近であるトーマスにも全く分からない。

それなのに、怒濤の対応の矢面には立たされるのだから悪夢としかいいようがなかった。

一生分の愛想を使い尽くしたのか、むっつりへの字口の幼馴染を見上げてそっと溜息をつく。どうせ後数時間の我慢だ。これ以上の騒動はないはずだとトーマスが決めた腹を嘲笑うように、会場で一番大きな扉が開かれた。

「ミルレオ姫の御成――り―――！」

眩暈がした。

ミルレオが表舞台に出なくなって四年の月日が経過していた。

まだ幼かった頃の記憶しかない貴族がほとんどだ。姿を見ようと無意識に他人を押しのけ前へ出て、皆動きを止めた。

若い頃のレオリカを髣髴とさせる色合いと美貌、けれど瞳は大公に似て穏やかに微笑んでいた。長い銀青の髪は結わずに流れ、明かりを弾いて艶めき、小さな星がたくさん咲いている。夜会用のドレスにしては露出が少ないのは、まだ包帯が取れていないからだ。けれど印象が重たくないのは肌を覆う生地が軽いからだろう。胸元を覆い袖まで続くレースは微かな風に合わせて優雅に靡いていく。

体調を考慮して身体への負担が少ないドレスは締め付けも少ない。身体の線に合わせて流れる絹とレースのドレスは、シンプルながらラインを彩り、ミルレオの華奢な体躯が際立って目を奪われるほど美しかった。

会場中の視線が己にあると分かっていながら、王女はにこりと微笑んだだけだ。

絡まりそうに柔らかく光るドレスを優雅に捌き、滑るような足取りで女王の前で礼をした。

並び立つ芸術品のような二人に、会場中で溜息に似た歓声が漏れた。

怪我を慮ってか、王族の為に誂えられた舞台には上がらず、咎められることもなかった王女は、女王への挨拶を終えて扇子を開いた。左右に付いた飾りをしゃらりと鳴らし、微笑を崩さぬまま何かを探すように視線を流す。

ガウェインはすぐに呼ばれたと気が付いた。目が合った瞬間の嬉しそうな顔。やられたと正直思う。あんな顔をされて放置できるなら元から惚れてはいない。おろおろするトーマスを置いて、颯爽と足を踏み出した。

扇子を閉じたミルレオの手を取り、口付ける。

「姫様、本日お目にかかれるとは。お怪我の具合は？」

「長居はできませんが、どうしてもあなたにお会いしたくて」

微笑む顔は青白い。少し痩せた頬も、化粧で上手く隠していても間近で見れば気づいてしまう隈も痛々しい。本当なら止めたい。しかし、王宮内で心証の悪い自分の為の無茶だと分かっていた。

「ミルレオ様、わたしと踊って頂けますか？」

ガウェインは手を取ったまま片膝をついた。貴族の優美さとは程遠く、武人の機敏さが多い礼に、野蛮なと眉を顰める婦人もいた。けれど、王女は嬉しそうに頬を染め、恥じらいながらそっと手を重ねた。

「喜んで。ふふ……ガウェイン様と踊りたくて、侍医に無理を言ってしまいましたわ」

「それは光栄の至りですね。男冥利に尽きます」

速めのテンポは絶妙な繋ぎを経て、ゆったりとした曲に変わった。王女の身体を気遣ったのだろう。

ガウェインも細い身体を慎重に誘導した。この曲は動きが少なく、とりあえず揺れておけば何とかなるのだ。身体を寄り添わせて静かに揺らすだけなのに、ミルレオの額には脂汗が滲んでいた。

「……とんだ無茶をする奴だな。肝が冷えたぞ」

「お父様用の秘伝の栄養剤と滋養の薬を頂きました。後、お母様の魔法で少しの間支えてもらっていますから大丈夫です、けど、あの……隊長……怖いです」

寄り添っているので半眼が直に頭頂部に突き刺さる気がする。一応ガウェインの心証を良くできる最善の方法なのだが、どう抗ってもこの表情で心証は良くならない。むっつりとした顔に何だか別の汗が滲んでくる。ミルレオ自身は、どんな理由であれガウェインと踊れて嬉しかっただけに、あからさまに怒っているガウェインに気持ちが沈んでいく。

「すみません……一曲踊ったらすぐに消えます……」

流石に窓を見はしなかったけれど、決意はしっかり固めた。

傍から見れば、戦の英雄と戦女神が踊る幻想的で美しい光景なのだが、近くを踊っていたペアがひぃっと声を上げた。西方守護伯は苦虫を百七匹くらい噛み潰した顔をしていたし、姫様はしょんぼりを通り越して絶望と仲良くしていたからだ。

ガウェインは小さく嘆息した。

今にも泣き出しそうに金紫は揺れているのに絶対に泣こうとしないのは、ここが王宮だからだろう。ずっと悪意に曝されて、それでも泣き虫の噂だけは終ぞ立たなかったのは、つまりそういうことだろう。

「消えるなら俺と消えてくれ」

「え？」

激しく落ち込んでいたミルレオは、うっかり聞き逃して慌てて顔を上げた。

「いい加減ここから抜け出したくてな……それに、お前ちょっと着飾りすぎじゃないか？」

「え⁉　へ、変ですか⁉」

ゆったり身体を揺らしながら、視線だけで忙しなく確認する。大人っぽくて素敵なドレスだと思ったけれど、中身が自分では⁉　そういうこと⁉

悲観的な方向にはどこまでも情熱的に爆走する思考を、極々真面目な声が止めた。

「ちょっと可愛すぎるだろう、それは。俺と踊り終わったら会場中の男がダンスを誘いに来るぞ、そんなんじゃ。何着てても可愛いんだから、出来るだけ抑えた格好をしてくれんと、あまりに可愛すぎていっそ公害だ」

「…………えっと？」

ちょっと、何を言ってるか分からなかった。

「美姫とはお前のような人間を指すんだな。大体このドレスは身体の線が出すぎていると思う。後、胸元はもっと多めにレースを使え。こんなんじゃ踊ってる時に男の視線は釘付けになる。

上から見られてるんだぞ」

「えっと、夜会のドレスにしては控えめ、なんです、よ？」

何とかドレスの話題は分かった。小首を傾げ、疑問は残したまま応じる。

「それだ」

「え？」

「それが駄目なんだお前は」

「え!? ど、どれですか!?」

面と向かって駄目呼ばわりされて心の傷が痛む。しかし相手はガウェインだ。きっとちゃんとした理由があるのだと持ち直し、ミルレオは頑張って視線を合わせた。母と比べない上で駄目だというなら、それは本当に駄目なのだ。絶対直さなくては。

「動作が可愛すぎる」

「はい！ 気をつけま……え？ つまり……どういうことでしょうか」

ちょっと、また分からなくなった。

「外見だけでも可愛すぎてどうしようもないのに、行動と中身まで可愛いなんて詐欺の領域だ。お前が動くたびに会場中の男がお前を見てるじゃないか。少し笑うだけで全員惚れさせる凶器だ。恐ろしいくらい可愛いなお前。俺はさっきからうっかりキスしそうになって大変なんだぞ」

「え、っと……すみませ、ん？」

「いいか、お前は可愛すぎるから普通の行動が誘惑になる。本当に気をつけろ。まず男は見るな。目が合ったら襲われるからな。そこまで可愛くなくても可愛いから少し抑えてくれ。正直困る。存在自体が化け物級に可愛いのは何なんだ。全く分かってない今の様子も可愛すぎるな」

ちょっと、何を言ってるのか全然分からない。ただひたすら訳が分からない。

「えーと……あ、あの、隊長」

よく分からないが、とりあえず自分が言いたかったことは伝えておこう。

ミルレオは青白い肌にほんのり赤みをのせて、頑張った。

「隊長と踊れて、私、ほんとに嬉しいです……あの、お嫌でなければ、その……また踊って頂けますか？」

言い切れた！　ほっと顔を上げ、ミルレオは引き攣った。ガウェインの眉間の皺が凄まじい事態になっていたからだ。

「あ、あの、お嫌でしたら……でも、その……一年に一回でも、駄目ですか……？」

どんなに自信がなくても、ミルレオだって一応『上流階級のお嬢様』だ。好きな人と踊るダンスに憧れる年頃でもある。ちょっとだけ諦め切れなくて、恐る恐るわがままを言ってみた。

怒られたら二年に一回にしてみようと決めて。

ガウェインが深く深く息を吐いた。きっと肺の中は空になっているだろう。

「お前、体調はどうだ？」

「え、はい。元々隊長と踊りたくて出てきたので、踊ったら帰ります。嬉しいから、今日はとってもいい夢が見られると思います」

にこにこ答えた内容は絶妙に質問に答えていなかったが、ガウェインは気にしなかった。

「よし、じゃあ帰るぞ。お前ちょっと覚悟しとけ」

「え?」

優しい声音に笑顔を返しかけて、ミルレオは一瞬ステップを忘れた。何だろう。逆光の所為か、目が全然笑ってないというか、微妙に怖い。

「無知も無意識も罪だと教えてやる」

「え!?」

思わず後ずさりした腰に手が回り、寄り添うように引き寄せられる。

「あ、あの?」

「よーしよしよし、いい子だな――……誰が逃がすか」

疑問符を浮かべている間に、いつの間にかダンスは終わっていたらしい。

無意識に踊りきっていたミルレオは、体調を理由に退席した。

次を狙い密かに牽制しあっていた男達はあからさまにがっかりしたが、一番啞然としていたのはトーマスだ。次第に顔色が青褪め、見るからに挙動不審となり逃げ道を探し始める。

王女をエスコートしたガウェインが当然のような顔で会場を去り、当然のように取り残されたトーマスの下には、王女と守護伯の馴れ初めを聞こうと、当然のように貴族達が殺到した。和やかな声音で鬼気迫ってもみくちゃにされるトーマスは、壇上で微笑む女王を見た。

彼女とよく似た色合いの、小柄で礼儀正しく心優しい少年に会いたい。今すぐ会いたい。

物凄く切実に願ったのを最後に、彼の記憶はぷつりと途絶えた。


眠りについてまだ片手の指で充分事足りる時間、既に目覚めたミルレオは空にいた。否、空と呼ぶより宙といったほうがいいだろう。迎賓館の四階、宙なので当然窓の外だ。何故夜も明けきらぬ内から、軋む身体をだましだましこんな場所にいるかというと、ひとえにガウェインに会いたかったからだ。

今日、後二時間もしない内に城を去ってしまうガウェインに、最後にもう一度会いたくて、ミルレオの目は覚めてしまった。

「どうしよう……」

昨夜、既に別れは済ませてある。ガウェインは西方守護伯だ。無事に防衛したとはいえ、大きな戦闘があった西方をこれ以上離れているわけにはいかない。ミルレオ自身も、あの優しくも逞しく楽しく騒がしい地にガウェインが帰ってくれたなら、安心する。

ミルレオも怪我が治れば、一先ずはミルとして西方に戻る予定だ。だから今生の別れなどではは決してない。それなのに、どうにも離れがたいのだ。

きっと、初めて好きになった人と初めて想いが通じ、浮かれているのだろう。そうと分かっていても、侵入者と間違われそうな場所でうろうろしていては全く制御できていない証だ。

ミルレオは自身の格好を見下ろした。流石に寝間着ではないが、街へ出るにも躊躇われるほどの軽装だ。寝間着ではないが、寝間着と間違われても言い訳できない。かろうじて上着を羽織ってきたが、格好としてはかなりはしたない部類に入った。

昨晩は両親や医師達、様々な人の力を借りてダンスを踊れるまでに取り繕っていたが、それらの補助を無くせばあっという間に寝台へ逆戻りだった。魔法を使いすぎた代償もそうだが、それによって昏睡状態に陥った間に筋力が弱っているのだ。今は、母にかけてもらった補助の魔法を思い出し、見よう見まねで自分にかけているに過ぎないが、これはいい。練習して、自分一人でも扱えるようにしておきたい。

ミルレオはまた難しい顔をして、宙にすとんと座り込んだ。魔女以外であればどういう意味だと首を傾げる表現であるが、ミルレオは魔女なので、何ら不思議を感じず、悶々と考え込む。

「……お邪魔、よね」

ガウェインに会いたい。しかし、怒濤の七日間を過ごした上に、これから西方へ馬を走らせっぱなしになる人の休息を奪っていいわけがない。そんなことはミルレオ自身も望んでいない。ただでさえ普段から朝から夜も深くまで仕事に明け暮れている人だ。少しでも長く休んでほしい。それは事実だ。その気持ちに、何一つとして偽りはない。

だが、どうにも恋というものは厄介な存在で、好きな人には休んでほしいのに、好きな人だから会いたいのだ。会いたい会いたいとわめきちらす自身の心を宥め疲れ、ふらふらとここまで来てしまった。来る途中も散々自分を罵ったが、到着してからも罵倒を続けている。

こんなところを誰かに見られたら、不審者と間違えられても仕様がない。間違いどころか、不審者そのものだ。だが、ミルレオはいつの間にかガウェインの婚約者という立場に収まっている。婚約者ならば夜も明けぬ内から訪ねても許されるだろうか。許されるはずがない。

自分で答えが出せてしまう程度には中途半端に冷静なミルレオは、落ち込んだり頰を染めたりと忙しい。婚約者という事実も、不意に思い出したかのようにミルレオを襲う。

これは恋だと、しかも初恋だと自覚した途端キスをし、想いを伝え合い、気が付けば婚約者。ミルレオの心は未だに初恋を自覚した辺りで彷徨っているのに、現実だけは全速力で駆け抜けていった。会いたいが、やっぱり会わないほうがいいのではないか。このままでは気味悪がられてしまうほどの奇行に走ってしまうのでは。自らの不甲斐なさには絶対的な自信がある。嫌われてしまうかもしれないと考えるだけで泣きそうだ。しかし困ったことに、泣きそうになれば何故かキスを思い出す。初めてのキスで泣いていたからだろうか。

「駄目じゃない……」

しおしおと両手で顔を覆う。何を考えても動揺する。色々と恥ずかしい。やはり駄目だ。帰ったほうがいい。落ち込もうが恥ずかしかろうが、奇行しか現れない確信だけがある。

そうと決まれば、誰かに見つかる前にこの場を立ち去ろう。会いたい会いたいと泣き叫ぶわがままで我慢の利かない初めての心と、もう少し上手く付き合えるようになってからガウェインと会うべきだ。そう心に決め、顔を上げる。

「お、結論が出たか？」

まさか、いつの間にか開いていた窓枠に肘をつき、のんびりこちらを見ているガウェインと目が合うだなんて思いもしなかった。

一拍、二拍、三拍。

世界の時間が止まったかのような感覚の中、たった一度だけ瞬きをしたミルレオは、やんわりと微笑んだ。

「き」

「消えるな消えるな！」

浮かべた笑みと同じほど柔らかに消えようとしたミルレオの腕は、ガウェインによってしっかり摑まれている。しっかりといっても痛みはない。指で作った輪の中に収められているだけだ。しかし抜けない。

「……優雅に消えようとするとは。そういう形もあるのか。色んな意味で油断ならない奴だよ、お前は」

ぽつりと呟いたガウェインに腕を囲われたまま、ミルレオは両手で自身の頬を挟んだ。そこは風を受けていたとは思えぬほど熱を持っている。

「い、いつから」

「ん？　窓を開けたのは少し前だが、気配はだいぶ前から気付いていたぞ。いつまで経っても入ってこないからカーテンを開けてみれば、お前が必死に悩んでいたから眺めていた」

言葉通り、ガウェインの格好は寝間着ではない。楽な格好ではあるが既に着替えられている。既にまともな思考が働いていないミルレオの視線が彷徨ったのを見た途端、ガウェインは慌ててその身体を窓枠の中に引きずり込んだ。叩き出されたのは主にキルヴィックだが、外へ叩き出したことは数あれど、引きずり込んだのは初めてである。叩き出されたのは主にキルヴィックだが、ミルレオは知る由もない。

部屋の中に入れても全く安心できないのが魔女であるが、窓の外にいられるよりは、ガウェイン自身が動けるので手が届かなくなってしまう心配がない分、こちらのほうがまだよかった。

部屋の中へ入ったミルレオは、しかし未だ浮いたままだ。

「お前、身体は大丈夫なのか？　昨日、相当無理をしただろう」

「ええと……はい、すみません、ご迷惑をおかけして、あの、はい、すみません」

「……俺、そんなに混乱するほど驚かせたか？」

弱り切った顔をしたガウェインの顔を見て、ようやくミルレオの意識が戻った。戻ったものの、初めての恋心が暴走中の現在、目の前に会いたかった好きな人がいたら混乱が解けるはずもない。

「も、申し訳ありません！」

「正気に戻っても謝るのかー。どうしたもんかな、これ」

「どうしてももう一度隊長に会いたくて、来てしまいました！　すみません！」

「……どうしてくれようかな、こいつ」

深い溜息を吐きながら、がりがりと頭を掻き毟るガウェインに、ミルレオはみるみる青褪めていく。迷惑なのは分かっていた。けれど心のどこかで許されることを望んでいた自分に気が付いたからだ。ミルレオが口を開く前に、ガウェインは掴んでいた手を慌てて引いた。

「今までの会話でそんなに青褪める要因あったか⁉　どこをどうつけばお前の傷を抉るか分からんな……」

「め、面倒ですみません！」

「混乱したらとりあえず俺への文句を考え始めるトーマスより面倒な存在はいないから安心しろ。あいつ、どうしてそれを心を落ちつかせる方法に選んでしまったんだ？」

心底不思議だと首を傾げるガウェインに、ミルレオもつられて首を傾げた。

「それに、俺は粗野な下町出身だから、意識せず乱雑な言動をしていると思うが……あまり、怖がってくれるな」

「そんなことはっ！」

悲しげに眉を落としたガウェインに、ミルレオは飛び上がって驚いた。

「ところで、許可が出るなら行きたい場所があるんだが」

「行きたい場所、ですか？」

けろりと表情を戻したガウェインに、ミルレオは再び首を傾げた。

「ああ、お前さえよければ連れていってくれないか？」

そう言って笑うガウェインに、ミルレオは更に首を傾げた。

会話の間にだいぶ落ちついてきたつもりのミルレオは、その実ずっと動揺し続けていた。それに気付いているのは当人ではなくガウェインであったが、彼の賢明な判断によりその事実が告げられることはなかった。

ガウェインが望んだのは、少し考えればミルレオにだって答えに辿りつける場所だった。

庭師の手が丹念に入り、魔法の補助をたっぷりと受けて守り育てられている花々は、季節を問わず鮮やかに咲き誇っている。かつて、ガウェインが迷い込んだ庭園は、あの頃のままの美しさを保ちそこにあった。

ミルレオは薄い砂糖菓子を壊さぬような慎重さで、ガウェインの身体を地面へと下ろす。自身は隣に並んでいるものの、地に足をつけていない。ガウェインは庭へ向けていた視線を外し、ミルレオへ向けた。

「お前、身体つらいんだろう」

「え、いえ……」

「さっきから一度も魔法無しで体重を支えていない」

気付かれていたらしい。ミルレオは身体を縮こまらせた。

「申し訳ありません……」

「責めているわけでも怒っているわけでもない。そうと分かっていて連れてきてもらったのは俺だしな。悪かったな。俺もお前といたくて無理を言った」

ミルレオは申し訳なさを抱いたまま、ゆるりと首を振った。そうと分かって会いにいったのはミルレオだ。彼はミルレオの望みを叶えてくれたに過ぎないのだ。ガウェインに柔らかく取られた手は、やはり柔らかく握られた。包まれたといったほうが正しかったのかもしれない。

「あれから何度か王城には来ているが、流石にここまで奥への踏み入りは、それこそ迷った子どもでもなければ許されていなくてな」

懐かしそうに細められた瞳を見上げ、ミルレオはきゅっと唇を嚙みしめた。思い出した記憶の中にある、寄る辺のない子どものように苦しそうだった少年。それが今ではそんな頃があったと信じられないほど、まっすぐに世界を見ている。それに比べ、自分はどうだ。迷い惑い、自分を嫌うだけで何もしてこなかった。母への憧れを呪縛にしてしまった過ちは、ガウェインが解いてくれた。けれど、解いてもらった先の自分は、やっぱりどうしようもない。

「……隊長、本当に、私が婚約者でいいのでしょうか」

「不満か？」

「と、とんでもないことです！　ただ、私が…………私は、母になろうとしてはいけなかった。けれど、ただ私だったとして、何が出来るのでしょう。私にだけ出来るものなど何もありません。今だって……隊長のお休みの邪魔をして、わがままを我慢することも出来ていません」

　出来ないことばかりだ。その上、出来ていたはずのことまで出来なくなっている。それなのに、ガウェインは笑うのだ。

「いいじゃないか。俺もここから始まった。ここから始まった俺が今の俺だ。お前もここから始めればいい。お前の始まりに立ち会えた。俺は光栄だ」

　それに。そう続いた言葉と共に、影が下りてくる。

「恋人の、わがままとも呼べない可愛らしい願い一つ叶えられない男と思われているのは心外だな」

　そうして重なった熱は、やはり滲んだ涙と一緒に覚えてしまったので、ミルレオはしばらくの間、泣きたくなったら頬を染めるという奇行に悩まされることとなる。

あとがき

守野伊音です。この度は、この本を手に取ってくださってありがとうございます。

正直に申し上げると、この物語が本になるとは全く思っていませんでした。何故なら、この物語は私が小説を書き始めたばかりの頃、優に十数年は昔に書いた物だからです。

誰かに見せるでもなく、どこかに出すわけでもなく、けれど物語を書きたかったんです。右も左も分からず、ワードなんて授業でちょっとしか触ったことがなかったので、まず縦書きにするにも首を傾げた覚えがあります。お前は何をやっているのか。

そんな中、早速立ちはだかる書式設定の壁。文字数、行数、頁数。初めて書くのでどれほどの量を基準とすればいいのかさっぱり分かりませんでした。初めから何も考えず書いていたら、頁数が大幅にオーバーするんじゃないかと当時の私は思いました。それに慣れてはいけないのではないか。どこにも出さないのにお前は何を言っているのか。初めて賞へ応募したのはそれから十数年後だというのに、呆れた心意気です。

書式設定で悩んだ私は、横に積んでいた本を手に取りました。悩んだら一旦休憩して本を読む。全く作業が進まず読書は捗る。ワードをたちあげただけなのにお前は何をやっているのか。

その時私が手に取った本は、角川ビーンズ文庫。本の最後に、角川ビーンズ小説大賞について書かれた頁がありました。行数、文字数、頁数。知りたい情報が全部ありました。ラッキー、これを基準にしようとなりました。目の前にある箱で調べろと今なら思いますが、当時の私は思いませんでした。文字数、行数がその設定だと見やすかった理由も大きかったです。

そして、自分一人しか知らない物語をちまちま書くようになりました。頁数を超えれば必死に削り、足りなすぎれば必死に増やし。誰の目にも触れないのに一体何をしているのか。偶に戻った正気がそう突っ込んできましたが、偶にしか戻らなかったので気になりませんでした。

それから十五年ほど経ったいま、その頃書いた話がまさかの本になりました。これをまさかと呼ばず何とするといった気持ちです。

これを書きながら、当時の私に言ったらどうなるだろうと考えました。お前は何を言っているのかと言ってきました。改稿作業でした苦労も合わせ、色んな意味で当時の私をぶん殴りたい。けれど、今の私は、当時の私が夢にさえ見なかった夢の中にいるのだと思うと、当時の私が投げっぱなしにしていた設定やミスの数々も許せそうですいややっぱり許せないぶん殴る。

そんな夢に美しいイラストをつけてくださった椎名咲月先生。投げっぱなし大明神な原稿を見捨てず引っ張ってくださった担当様、編集部の皆様。そして、退職された、賞を頂いてから今の場所まで連れて来てくださった担当様。家族、友人、読者の皆様。沢山の方々のおかげで、一人しか知らなかった物語が形になりました。本当にありがとうございます。

守野伊音

「西方守護伯付き魔女の初陣」の感想をお寄せください。
おたよりのあて先
〒102-8177　東京都千代田区富士見2-13-3
株式会社KADOKAWA　角川ビーンズ文庫編集部気付
「守野伊音」先生・「椎名咲月」先生
また、編集部へのご意見ご希望は、同じ住所で「ビーンズ文庫編集部」
までお寄せください。

西方守護伯付き魔女の初陣

守野伊音

角川ビーンズ文庫　22155

令和２年５月１日　初版発行

発行者———三坂泰二
発　行———株式会社KADOKAWA
〒102-8177　東京都千代田区富士見2-13-3
電話 0570-002-301（ナビダイヤル）
印刷所———株式会社暁印刷
製本所———株式会社ビルディング・ブックセンター
装幀者———micro fish

ISBN978-4-04-109657-4 C0193 定価はカバーに表示してあります。
◇◇◇